Viver é uma grande aventura

19ª edição

Giselda Laporta Nicolelis

Viver é uma grande aventura

Ilustrações: Marília Pirillo

Conforme a nova ortografia

Série Entre Linhas

Editor • Henrique Félix
Assistente editorial • Jacqueline F. de Barros
Preparação de texto • Lúcia Leal Ferreira
Revisão • Pedro Cunha Júnior (coord.) / Irene Incaó / Camila R. Santana
Edilene Martins dos Santos

Gerente de arte • Nair de Medeiros Barbosa
Coordenação de arte • José Maria de Oliveira
Diagramação • Setup Bureau Editoração Eletrônica
Coordenação eletrônica • Silvia Regina E. Almeida
Projeto gráfico de capa e miolo • Homem de Melo & Troia Design
Produtor gráfico • Rogério Strelciuc
Impressão e acabamento • Forma Certa Gráica Digital

Suplemento de leitura e projeto de trabalho interdisciplinar • Jacqueline F. de Barros

Dados Internacionais de Catalogação na Publicação (CIP)

> Nicolelis, Giselda Laporta
>   Viver é uma grande aventura / Giselda Laporta Nicolelis ; ilustrações Marília Pirillo. — 19ª ed. — São Paulo : Atual, 2009. — (Entre Linhas: Aventura)
>
>   Inclui roteiro de leitura.
>   ISBN 978-85-357-0441-9
>
>   1. Literatura infantojuvenil I. Pirillo, Marília. II. Título. III. Série.
>
>   CDD-028.5

Índices para catálogo sistemático:

    1. Literatura infantojuvenil 028.5
    2. Literatura juvenil 028.5

Copyright © Giselda Laporta Nicolelis, 1993.

SARAIVA Educação S.A.
Avenida das Nações Unidas, 7221 – Pinheiros
CEP 05425-902 – São Paulo – SP – Tel.: (0xx11) 4003-3061
www.editorasaraiva.com.br
atendimento@aticascipione.com.br

Todos os direitos reservados.

10ª tiragem/2025
CL: 810385
CAE: 602662
Código da OP: 287492

Para Pedro, Rafael e Daniel.

Sumário

Mudando de vida... 9

O jeito é se adaptar 15

Alô Brasil! Alô tio Sam! 21

Cada um tem sua história... 27

Afinal, valeu a pena? 34

O passado é logo ali... 39

Do presente ao futuro... é só um pulo! 46

Por que não? 53

A autora 58

Entrevista 59

Mudando de vida...

Meu nome é Pedro e eu nasci no Brasil. Agora moro nos Estados Unidos; meu pai é neurocientista e resolveu trabalhar aqui. Minha mãe também é médica, mas, para exercer a medicina, precisaria revalidar o diploma, quer dizer, prestar um exame pra lá de difícil – sem ajuda de empregada nem da família, não tem tempo de estudar.

Quando eu ainda morava no Brasil, era dez. A mãe dava plantão no hospital, então eu ia pra casa dos meus avós paternos. O vô é uma figura! Ele é aposentado e mora num casarão lá perto do aeroporto de Congonhas. A vó diz que ele perdeu o juízo depois de velho. Ele só ri e responde que é colecionador.

O vô coleciona um monte de coisa: tem relógio pela casa inteira. Relógio de cuco, carrilhão, que toca marcha, que apita, que tem flor dentro mudando de cor... então, quando um começa, os outros vão atrás e é uma confusão daquelas. Se o telefone tocar junto, o cara lá do outro lado do fio vai pensar que é uma casa muito louca.

Mas não é só relógio que o vô coleciona. Ele gosta de aparelho de som, assim todo firulado... então fica guardando dinheiro. Quando dá, ele compra mais um. Outro dia chegou uma visita e perguntou se ali era escola de música. A vó quase morreu de vergonha.

O vô responde que é besteira dela, todo colecionador é assim mesmo. Há um guitarrista famoso que juntou 250 guitarras. A vó diz que o vô nem é músico, que não dá pra passar na sala de tanto aparelho de som, parece até *showroom*. E a Maria Helena, que trabalha lá faz trinta anos, arremata dizendo que a sorte dela é ser magrinha, senão entalava, ao fazer a limpeza.

Mas não fica só nisso, não. O vô também gosta de computador. Com impressora, essas firulas todas. Fica lendo livro de computação o dia inteiro... quer dizer, quando não está na marcenaria dele, lá no quintal. Porque ele pegou o quarto da empregada (que dorme na casa dela) e fez uma oficina, onde faz umas caixas pra guardar as coisas que ele compra.

A vó só não fica biruta com o vô porque é muito desligada. Ela é artista plástica, se tranca lá no ateliê dela e fica pintando quadros. Outro dia, aconteceu uma coisa muito engraçada: o vô trocou um relógio da sala. O antigo era pequeno, ele botou um carrilhão de dois metros no lugar.

Um dia o carrilhão tocou bem nas costas da vó. Ela levou um susto e perguntou:

— De onde saiu isso, bem?

— Tá aí faz um mês – disse o vô.

A vó nem tinha percebido. Olhava o carrilhão, até acertava a hora com o relógio de pulso e neca. Acho que aquele dia ela estava em alfa e conseguiu ouvir o carrilhão tocar. Ela diz que de vez em quando fica em alfa.

— E o que é estar em alfa, vó?

— Não tem explicação, não. Estou em alfa e pronto.

O vô diz que é o contrário: ela vive em alfa. Ouviu o relógio porque desceu pra este mundo, um instante só, depois ela desliga. A vó, quando eu ainda tava lá, de vez em quando pedia:

— Dê uma pinceladinha aqui no quadro, Pedro, pinte o que você quiser...

— Não vai estragar, não, vó? — eu estranhava.

— Que nada, Pedro, o Picasso gostava quando as crianças pintavam alguma coisa sobre seus quadros.

Daí o vô interrompia:

— Mas que pretensão, você não é o Picasso...

A vó nem respondia, só olhava, com aquele olhar dela. E o vô saía reclamando que nem podia falar nada naquela casa, só servia pra pagar as contas.

— Deixe ele — dizia a vó, se concentrando na minha pintura. Pra mim era uma besteira, mas, se o Picasso achava legal, ok. A vó vivia falando do Picasso, parecia até que ele era íntimo da gente, morava assim na casa ao lado.

Às vezes, eu ficava na casa da minha avó materna, que é nissei, "sacomé", filha de japoneses. Meu avô materno é descendente de portugueses, então a mãe já é mestiça. Pra falar a verdade, eu tenho cinco tipos de etnia: grega, italiana, portuguesa, japonesa e ainda... uma bisavó que era índia. Sou uma salada de gente, né?

Na casa da vó japonesa, quer dizer, a *obaatyan*, era tudo muito sossegado: ela falava baixinho, calmo, diferente da vó italiana, a *nonna*. Quando as duas se encontram é divertido. Outro dia a *nonna* disse para a *obaatyan* que estava tomando betabloqueador, um remédio para controlar a pressão, e ficou mais calma, parecendo um disco que mudou de rotação.

A *obaatyan* respondeu:

— É, eu notei mesmo que você está falando de uma forma mais normal...

A *obaatyan* trabalha com música japonesa. E cismou que ia me ensinar japonês. Eu até comecei a aprender, mas depois vim pra cá.

Aprendi só um pouco, dá pra saber que sou *yonsei*: a *obaatyan* é nissei, minha mãe é sansei, e meus bisavós, que vieram do Japão, são isseis. O negócio é simples: é como contar de um a quatro em japonês: issei, nissei, sansei, *yonsei*.

O pai da minha mãe, que só de brincadeira eu chamo de *ojiityan*, é professor de Filosofia e tão desligado quanto a *nonna*. Eles gostam de conversar sobre livros, e umas histórias de uns caras que passaram a vida pensando, chamados filósofos.

Era diferente ficar na casa dos vôs do lado do pai e dos vôs do lado da mãe. A segunda era mais sossegada, sem muitos mistérios, aquele jeito oriental da *obaatyan*, e o *ojiityan* sempre lendo. A primeira era cheia de surpresas, o vô chegando com um pacote da rua, a vó dando bronca, dizendo que ele pirou de vez.

Além de tudo tinha os bichos: primeiro foi um cão *collie*; a vó se apaixonou por ele e cismou de comprá-lo. Só que ele era meio doido: cavava um enorme buraco no jardim, toda noite, que a vó e a Maria Helena tinham de encher de terra de manhã. Cada dia o buraco ficava maior e o vô disse que, qualquer dia, ele ia dar nas Muralhas da China. Eu quis saber que negócio era esse e ele contou. Eu achei bárbaro e fiquei esperando isso acontecer mesmo. E até botei nele o nome de Tatuzão.

Um dia veio um jardineiro espanhol cuidar do jardim, quer dizer, do que sobrou dele. Deixou as ferramentas encostadas na garagem, dizendo que voltaria no dia seguinte. Ele voltou mesmo, mas achou as ferramentas sem nenhum cabo, porque o

Tatuzão tinha roído tudo. Nesse dia ele até esqueceu de fazer o buraco... O vô teve de pagar todas as ferramentas pro jardineiro espanhol e ele ainda foi embora bufando: nunca tinha visto coisa igual. O vô se encheu e deu aviso prévio pro Tatuzão, que foi parar num sítio de uns amigos da vó.

Mas a vó tinha mania de cachorro, então comprou um *dobermann*: o Black. Aliás, veio um casal, da mesma ninhada, tinha também a Bonnie. Ninguém avisou a vó de que não pode cruzar macho e fêmea da mesma ninhada, dá problema. A Bonnie resolveu a questão: quando o Black ia chegando, todo animado, ela dava tanto nele que ficava mais surrado que o saco de ferramentas do jardineiro espanhol. A Bonnie deu tanto no Black que tiveram de mandá-la embora também.

Daí o Black ficou o rei do terreiro: implicava com os gatos, com o cara que pintava o muro do vizinho, com o vô, com o filho da Maria Helena, até a gente descobrir que ele não gostava mesmo era de homem, só gostava de mulher. Se o vô abraçava a vó, ele virava uma fera. Um dia, o filho da Maria Helena gritou com ela, o Black avançou como tanque de guerra, só não comeu a orelha dele porque a Maria Helena gritou na hora. Senão o garoto ia ficar feito aquele cara, o Van Gogh, a vó também não para de falar nele, porque não conseguiu vender nem um quadro enquanto era vivo, então é um consolo pra ela, um colega de sofrimento.

Gozado é que a vó morria de medo do Black. Só saía no quintal com um pão italiano na mão, a medida exata da boca do bicho. Ela atirava o pão, que nem bola de basquete, encaçapava na cesta melhor que uma campeã e, enquanto o monstro engolia, ela passava, melhor, ela corria. Também o que não faltava na casa era pão italiano, podia faltar qualquer coisa, menos o santo pão do Black. Comigo até que ele não implicava muito, me olhava assim meio no desprezo, e só.

A minha tia, irmã do pai, também tinha mania de bicho: comprou um casal de periquitos australianos, azul-piscina, um casal 21 colorido. O Black olhou todo assanhado pra gaiola, a tia avisou:

— Se encostar a pata, eu te mato!

Na semana seguinte, o periquito macho amanheceu morto no fundo da gaiola. Nem sinal de arrombamento, o Black com a maior cara de santo, ainda mais que ele sempre foi vesgo. O *dobermann* já não enxerga bem, ainda mais estrábico. Não é à toa que a vó não brincava em serviço.

A tia achou esquisito, mas comprou outro macho pra viúva inconsolável... um periquito de penugem azul nas costas e peito branquíssimo, um primor! A periquita só olhou e partiu pra agressão. Deu tanto no coitado que ele ficou pior que o Black depois das surras da Bonnie. Escorria sangue pelo peito branco, estragou todo o *smoking* dele. Daí a gente solucionou o mistério: o primeiro periquito tinha é morrido matado, e o segundo ia ter o mesmo triste destino.

Lá foi a tia devolver a fêmea na loja de bichos. O homem disse:

— Nem venha, ela é selvagem, solte lá no parque da Aclimação... se eu ficar com ela, mata todos os machos da loja.

A tia soltou a danada e ela não deixou saudades. E o Black ficou reinando ao lado do periquito convalescente da sova — isso depois de a tartaruga, que vivia sei lá há quanto tempo no jardim, aparecer morta, de olho comido de formiga, ainda com a boca cheia de tomate, que ela adorava, e foi aquela choradeira. Nem lembravam da tartaruga, ela ficava escondida meses, quando morreu acho que bateu remorso, a Maria Helena dizendo: "Nunca deixei de pôr água e tomate pra ela". E o vô respondeu que era por isso mesmo que a conta da feira tava ficando tão alta, comendo o ordenado dele; então a vó retaliou, dizendo que o ordenado dele acabava por causa das tranqueiras que ele vivia comprando, e ele era um grego muito mão de samambaia.

O jeito é se adaptar

Falando em grego, a família do vô (pai do pai) veio lá da Grécia. No fim do século dezenove, eles emigraram para a Itália. Lá deu uma baita confusão e o meu tetravô acabou assassinado pela Máfia. Então a tetravó catou os filhos e veio para o Brasil.

O meu pai diz que a gente fez o inverso: saímos do Brasil. O sonho do pai é ser um cientista famoso. Ele opera cérebro de rato, diz que o cérebro de rato é meio parecido com o de gente. Fica horas botando uns *chips* nos cérebros dos ratinhos de um dia, volta todo entusiasmado da universidade.

Quando a gente estava no Brasil, ele também fazia esse trabalho na universidade de lá. Um dia, guardou um vidro na geladeira da casa da vó e avisou:

— Não vão cozinhar por engano que isto aqui é cérebro de cachorro...

Isso foi um pouco antes de a gente vir pra cá, porque o pai viajou com o cérebro de cachorro e tudo. Aliás o pai tem cara de cientista mesmo: esquece de cortar o cabelo, tem uma baita barba. Antes de viajar, tanto que a vó falou, ele foi ao barbeiro lá no *shopping*. Quando saiu, nem queriam cobrar: disseram que ele não tinha entrado.

O sonho do pai é curar uma porção de doenças. Às vezes ele conta pra mim. Ele trabalha com computador, faz uns desenhos bacanas. Ele viaja pelo mundo todo participando de congressos, essas coisas.

A mãe, no Brasil, trabalhava em dois hospitais, todo mundo acha que ela deu uma baita prova de amor, acompanhando o pai. Ela disse que não queria me deixar sem pai, pai é muito importante na vida de uma criança. Mas a vida dela mudou muito.

Primeiro porque, lá no Brasil, ela tinha toda a família dela, né? A mãe, o pai, os avós, irmãos, e eles são unidos.

Depois tinha a dona Cida, que trabalhava lá em casa, e quando a mãe chegava tava tudo pronto: comida feita, roupa lavada e passada, e bebê (eu) de mamadeira tomada.

O pai diz que essa história de empregada doméstica é do tempo da escravidão, é uma profissão que precisava acabar no Brasil. A mãe até concorda, mas diz que era tão bom chegar e encontrar a casa limpa e não precisar fazer o jantar. E, se a profissão de doméstica acabar, como é que ficam os milhões de empregadas no Brasil? Vão fazer o quê? Principalmente as que são analfabetas?

Daí o pai diz que é preciso acabar com o analfabetismo e assim elas teriam outros trabalhos pra fazer. Então a mãe retruca:

– E quando vai ser isso? E enquanto não acontece? É preconceito seu. Eu e a Cida somos duas mulheres que trabalham em trabalhos diferentes. Ela me ajuda e eu ajudo os outros...

Eu me lembro de tudo isso porque tenho uma boa memória, o pai e a mãe até me chamam de Zeferina, dizem que não podem falar nada na minha frente porque eu nunca mais esqueço e solto... na primeira "desoportunidade". Que culpa eu tenho de lembrar de tudo?

Achei gozado essa conversa sobre empregada doméstica porque só conheci quatro na minha vida. A Maria Helena na casa do vô, a qual manda e desmanda, porque a vó vive pintando lá no ateliê dela, então a Maria Helena é mais dona da casa que a vó. A dona Cida, que era um amor e cuidava de mim como filho. Tem também a Jeni, que trabalhou durante trinta anos na casa da bisa, até que se aposentou pelo INSS... ganhando uma mixaria que não dá pra nada. Mas como estava doente do coração, não teve jeito. E a quarta é a Maria, que trabalha pra *obaatyan*, com um filhinho dela, que é o dodói da casa... e eu tenho um baita ciúme dele porque vive no colo da *obaatyan*.

O pai diz que elas são exceção, que tem patroa dura de roer, até despede a empregada quando fica grávida. Daí a mãe diz que agora já existe a licença-maternidade e que tá na Constituição, e o pai então fala:

— De que adianta, se muito empregador não cumpre a lei? Até complica, porque mulher grávida ninguém quer contratar, e tem até firma que faz exame de urina nas funcionárias todo mês...

— Mas, se não cumprir a lei, o empregador pode ser denunciado — replica a mãe.

Eles ficam na maior discussão e eu só ouvindo... daí a mãe enfeza e diz que roupa dele ela não lava, se quiser que vá lavar lá embaixo, na lavanderia do prédio onde a gente mora. O pai é muito desordeiro, deixa roupa largada pelo apartamento inteiro e a mãe nem aí, nem cata, faz que nem vê.

Quando não tem mais roupa pra vestir, o pai bota tudo dentro de um saco, num carrinho de feira e desce pra lavanderia resmungando. Lava tudo numa máquina, seca na outra. Enquanto espera, fica trabalhando no computador portátil, ele não para de trabalhar, acho que é vício dele.

A *nonna* conta que ele foi o primeiro filho, depois o primeiro neto, supermimado, tinha tudo na boca, "sacomé", o primeirão, assim como eu. Mas, agora, não diz que empregada é coisa de escravidão? A mãe tá certa, ele tem que se virar mesmo. Ela já tem a casa pra limpar, nossa roupa pra lavar e a comida por fazer. E ainda trabalha lá no laboratório da universidade.

Quando o pai volta da lavanderia é um sarro: ele joga o saco de roupa no canto do quarto e pendura só as camisas nuns cabides, porque aqui ninguém passa roupa, quando muito, dobra. E ai de quem derrubar os cabides do pai! Ele fica uma onça. Daquelas pintadas que tem lá na Amazônia.

O pai gosta de ouvir ópera. A preferida dele é a *Carmen*. Ele se tranca no escritório e põe o som a mil. Aí eu e meus irmãos entramos no escritório, mas o pai não tem paciência, não demora muito bota a gente pra fora.

Meus dois irmãos nasceram aqui, têm dupla nacionalidade. Quando a mãe chegou, logo ficou grávida. O pai veio antes com um amigo, alugou apartamento, comprou móveis, se virou. Disse que, no primeiro mês, comeu pão com presunto. No segundo, só salsicha. No terceiro, desesperado, comprou panelas e se pôs a cozinhar. Ele cozinhava e o colega limpava a casa. Esse colega nasceu na China, mas se criou no Brasil, é um crânio. Foi a primeira nota do vestibular de medicina no Brasil inteiro.

Antes de a mãe chegar, o pai e o amigo fizeram uma faxina no apartamento, imagine como estava antes. Quando a gente chegou, encontrou tudo arrumadinho, o pai tinha comprado móveis e utensílios numa loja sueca, então a cama de casal é pra gigante nenhum pôr defeito, e tem cada panelão também que cabe eu dentro. O amigo dele, então, foi pra outra cidade trabalhar também numa universidade, e ficamos nós três, até o meu irmão do meio, o Rafa, nascer...

A gente chegou no verão, um calorão dos diabos, não dava nem pra ficar na rua, um sufoco. Tinha de ligar o ar-condicionado no último, senão derretia como sorvete, comprar umidificador de ar... depois falam que no Brasil é que faz calor. Aqui não tem nem brisa, não mexe uma folha lá fora.

O pai alugou o apartamento de um colega que estava voltando para a terra dele. O lugar é bonito, um condomínio com quatro prédios, muito verde em volta, lugar pra criança brincar, tem até um lago onde já vi gente pescando.

Daqui parte um ônibus, várias vezes ao dia, e leva todo mundo para o trabalho ou escola. A mãe sai logo cedo e vai de ônibus, que é de graça. Ele atravessa o rio, sobre uma ponte superlegal, e chega numa cidade maior onde a gente estuda e o pai e a mãe trabalham. O ônibus é circular, então não tem erro, é só pegar em qualquer lugar que ele nos traz de volta para casa.

O pai sai um pouco mais tarde, e leva a gente pra escola. Enquanto toma banho, deixa o meu irmão caçula, o Dani, no berço e ele fica berrando: "pai, pai, pai..." Eu já me viro sozinho, já nem sou mais criança, mas o Dani o pai tem de vestir... Meu irmão do meio, o Rafa, eu apelidei de Chico Bento, que é o nome de uma das personagens daquelas revistinhas que eu adoro ler e o vô e a vó me mandam sempre do Brasil.

Daí a gente sai correndo... porque o pai vive atrasado, e ainda tem de pôr o Dani na cadeirinha do carro. Eu e o Chico vamos de cinto, como o pai. O pai cada dia esquece uma coisa, até o crachá, e fica resmungando pelo caminho...

Quando a mãe ficou esperando o Chico Bento, a gente teve uma conversa legal, ela me explicou tudo: que ali na barriga dela tava o meu irmão ou irmã; ele ou ela ia ser muito amigo, e não quis saber o sexo do bebê, pra ter a surpresa comigo. Também contou quando e por onde ele ia nascer e como seria divertido cuidar dele ou dela, e que contava comigo.

Fiquei todo importante, porque a mãe confiava em mim, eu já era "gente grande", igual a ela. O negócio foi que, durante a gravidez, a mãe teve de fazer repouso, mal podia levantar da cama, senão perdia o nenê. A gente tava sozinho aqui, o pai trabalhando, foi um auê. O pai lavava e secava toda a roupa, fazia supermercado, a mãe só podia fazer uma comida rápida e voltar pra cama. Eu ficava de lá pra cá, ajudando os dois.

O diabo é que precisei sair da escola, porque a mãe é quem ia me buscar (e continua indo agora), e fiquei preso um tempão aqui no apartamento pra cuidar dela. O pai, de dó, me levava no zoo, pra ver o gorila ou o leão, uns passeios rápidos, que a mãe não podia ficar muito sozinha. Mas daí esfriou muito, e não deu mais.

Foi meu primeiro inverno aqui, e eu ficava olhando a neve caindo lá fora – a neve quando cai é tão bonita, vai cobrindo os terraços dos prédios e os telhados das casas, que aqui são quase todas de madeira –, fica assim um cartão-postal.

Até os esquilos, que corriam no pátio e subiam pelas árvores, não apareciam mais, se escondendo do frio.

Eu tinha uma vontade de correr na neve... então quando a gente saía, eu e o pai, a gente fazia bolas de neve e jogava um no outro. O pai disse que também tinha chegado no inverno, e a primeira experiência dele com a neve foi cair de bunda no chão...

Quando a neve cai ela é bonita, mas, depois que os caminhões a empilham nos lados da rua, vira uma água suja... eu ficava imaginando: no Brasil tava um calor danado, o vô lá no clube com a vó, onde eles me levavam pra tomar banho de piscina e tomar sorvete de maracujá.

Aqui não tem sorvete de fruta assim azedinho, a mãe morre de vontade. Tem só de chocolate, baunilha, morango, tudo muito doce. A mãe também tem vontade de comer mamão papaia – quando a gente encontra pra comprar é muito pequeno e sem gosto.

O pessoal toma café da Colômbia ou do Brasil, come banana do Equador, uvas do Chile, laranja do Brasil... até meus amigos são de toda parte do mundo. Tenho amigo indiano, francês, inglês, de quase todos os países. Só que a gente se fala em inglês.

Cheguei aqui falando só um pouquinho de inglês, mas a mãe percebeu que eu tava falando inglês pra valer quando, no supermercado, um casal começou a brigar, eu entrei no meio dos dois e sapequei:

– *What's going on?*

Alô Brasil!
Alô tio Sam!

Quem quer falar inglês mesmo é o vô. Ele estuda uma hora por dia, faça sol ou chuva. O vô faz tantas coisas com o dia dele que nem dá pra acreditar... ele diz que o segredo é se manter ocupado. Os colegas dele, que se aposentaram e não fazem nada, ficaram meio neuróticos.

A vó também cismou de estudar inglês logo que a gente veio pra cá. Ela tinha aprendido a vida inteira, mas nunca conseguiu falar inglês direito. Então entrou num curso intensivo.

Só que a vó é elétrica, curiosa pra burro, não parava de fazer pergunta na aula. Ela contou numa carta (o pai mostrou pra gente) que, na classe dela, tinha: um alemão nascido no Uruguai, que não falava nem o português; uma psicóloga, que vivia deprimida; um decorador todo metido a besta e uma garota que queria ser modelo.

A vó foi perguntando, perguntando... e pelo jeito ela é quem tinha mais base de inglês porque cursara a Cultura Inglesa, essas coisas. Os outros tavam mais é na de aprender inglês na marra, sem base nenhuma.

Daí a vó foi chamada na diretoria... a diretora, muito séria, falou pra ela fingir que não sabia muito nas aulas, porque a tal psicóloga tinha se queixado de que a vó tava... como é mesmo a palavra? Deixe ver se me lembro... Já sei: minha avó estava de-ses-tru-tu-ran-do ela.

A vó botou a boca no trombone, disse que nunca fora chamada em diretoria, sempre uma das melhores alunas no colégio e na universidade. E não tinha culpa se eles aceitavam num curso intensivo alunos que não conheciam nem o verbo *to be*.

Final da história: a vó renunciou feito ministro e nunca mais botou o pé lá na escola de inglês. Daí resolveu estudar com o vô, naquele passo dele, uma hora por dia. Durou pouco, o vô é metódico demais pra cabeça da vó.

Antes que saísse divórcio, ela parou de estudar inglês. E também jurou que em escola ela não pisa nunca mais.

A gente fala com o vô e a vó toda semana. Uma semana o pai liga, outra eles ligam, pra não ficar muito caro. Eles passaram um aperto danado, anos atrás, com o tal Plano Collor, que congelou todas as poupanças dos brasileiros.

A tia, irmã do pai, ia casar dali a quinze dias. A tia ficou histérica, o vô quase teve um troço e a vó se pôs a rezar para todos os santos conhecidos ou não. Isso porque eles tinham convidado trezentas pessoas pro casamento, com festa e tudo. E ficaram sem um tostão, quer dizer, só cinquenta mil cruzados novos – o nome do dinheiro brasileiro naquela época –, que não davam nem pro cheiro.

A sorte deles é que tava quase tudo pago, a vó e a tia são muito organizadas. Só faltava mesmo pagar a festa. Lá foram eles pro salão; a gerente falou que eles tinham de arrumar dinheiro, senão a festa não saía, porque não havia grana nem pra comprar um ovo.

O vô saiu de lá bufando, disse que arrumava dinheiro, nem que a vaca tossisse. Nenhum plano mudaria os planos dele. Fez uma reunião de família e, nem sei como, descolou a grana. E a festa, pra felicidade geral, acabou saindo, na marra. Desde esse dia, se alguém falasse nisso, a vó e o vô se benziam como se tivessem visto o diabo pela frente e ainda batiam na madeira pra tirar o azar.

Nem pude ir ao casamento porque a mãe teve o Chico uma semana depois... ela foi pra maternidade e eu fiquei na casa de uma amiga dela.

O pai disse que foi uma loucura: a mãe gritava em português, ele traduzia em inglês para o médico, traduzia de volta pra mãe e assim foi indo... até o meu irmão nascer.

Eu, confesso, fiquei roído de ciúme. Até ali, eu era o único, igual ao meu pai: primeiro filho e primeiro neto.

Mas a mãe falou que ele ia ser muito meu amigo, ia dividir o quarto comigo, e que o berço até já estava lá... Droga, eu era mais eu, não precisava dividir quarto nenhum com um bebê chorão.

Daí foi um tal de tirar retrato do bebê pra mandar pra tudo que era vô, vó, tio, tia, pareciam tão contentes que me dava raiva!

O Chico foi só o começo, depois veio o Dani que é mais levado ainda, uma peste. Agora são dois pra mexer nos meus brinquedos, pegar minhas revistas, que o vô sempre manda do Brasil.

Tenho uma coleção de revistas: do Chico Bento, do Cascão, da Mônica, uma pilha enorme. O meu preferido é o Cascão, acho ele bárbaro. Tem dias que a mãe pergunta se eu já tomei banho, eu respondo:

— Não quero, não, mãe, eu quero ser o Cascão.

Mas a mãe não entra nessa. Me pega pelo braço, me leva pro banheiro:

— Banho é bom pra saúde, menino!

Não tenho tanta certeza assim. Mas mãe tem mania de banho, cotonete no ouvido, comer verdura, será que toda mãe é assim, ou é só a minha? Se a gente não janta, neca de sobremesa, nem suco, só água. Por que eu não posso comer só a sobremesa, se não tenho vontade de comer o resto? Às vezes me dá uma vontade de crescer logo, pra fazer só o que eu quero!

Enquanto isso... vou levando a vidinha. O pai, quando tem tempo, me leva ao Museu de Arte da cidade, que fica lá do outro lado do rio, onde a gente estuda e trabalha.

É um museu enorme, nem dá pra visitar num dia só, deixa a gente de língua de fora. Tem uma escadaria — só subir por ela já acaba o gás do cara.

Na primeira vez que a gente foi, o pai me levou numa sala e me mostrou um quadro. Era um vaso com girassóis amarelos, muito bonito.

O pai me ensinou a distância de que eu devia olhar o quadro e disse:

— Tá vendo, Pedro? Esse é o Van Gogh de que a vovó tanto fala. Ele pintou vários quadros de girassóis como este...

— Ah, pai, aquele que a vó falou que nunca vendeu um quadro enquanto era vivo?

— Esse mesmo, Pedro. Só que outro quadro como este foi vendido por milhões de dólares, há pouco tempo...

— Será que a vó também vai vender um quadro, unzinho pelo menos?

— Claro que vai! — disse o pai. — A vó tem talento, estudou com grandes professores. Algum dia, ela vende um quadro, sim, você vai ver, é só questão de tempo.

Olhei pros girassóis do Van Gogh e fiquei pensando... Se ele pudesse imaginar que, um dia, estaria nos maiores museus do mundo, disputado nos leilões... ele não precisava ter sofrido tanto, até arrancado a orelha, como a vó contava. Mas, de alguma forma, onde ele estivesse agora, ele havia de saber: talvez até soubesse da vó, outra sofredora como ele.

E lá estava eu, também um sofredor, aguentando dois irmãos, choradeira de madrugada, dividindo a atenção da mãe. A minha vida mudou muito depois que esses garotos nasceram. Começou quando o banco de trás do carro ganhou uma cadeirinha que tirou o meu espaço. A casa ficou cheia de fralda, mamadeira, os carinhas faziam cocô o dia inteiro; ainda bem que a mãe sempre usou fralda descartável, porque eles eram uma fábrica de cocô.

Aqui no apartamento não tem área de serviço. Nem tanque, nem varal, como no Brasil. Sabão de pedra, nem sabem que existe. É até gozado. Quando a gente chegou, a mãe disse que ia morrer abafada porque as janelas ficam sempre fechadas, não tem outro jeito: no verão é um calor de sufocar, no inverno, um frio medonho, que se pode até gelar uma coca-cola no vidro da janela.

A cozinha e o banheiro não têm janelas, só uma abertura pequena no teto. O apartamento é grande, tem três quartos: um era meu, agora é de nós três, outro do pai e da mãe, e o terceiro é o escritório onde o pai ouve ópera.

Há um terraço, mas não dá pra ficar, ou tá quente ou frio demais. Então o remédio é ligar a calefação ou o ar-condicionado.

Tem muito velhinho aqui no prédio, eles então ligam a calefação muito alta, fica como se fosse um forno. No começo, a mãe reclamou pra burro. Só tem uma vantagem: se botar uma roupa em cima do aparelho de calefação, seca que até parece engomada.

No começo, a mãe chorava escondido. De saudade do Brasil e da família dela. Depois foi se acostumando, ela não para o dia inteiro, tem eu, o Chico e o Dani pra cuidar, e ainda trabalha lá no laboratório da universidade, ajudando nas pesquisas que o pai faz. Mas eu acho que ela sente falta de trabalhar como médica, como fazia no Brasil.

O pai, pelo jeito, quer ficar por aqui. Dão todas as condições pra ele fazer as pesquisas, ele trabalha com cada computador que até parece feitiço... pra ele tá legal demais. Ele até comentou com a mãe que é capaz de viver em qualquer parte do mundo, depois do que passou sozinho aqui. Comendo só presunto e salsicha e caindo de bunda na neve. Acho que o pai só precisa mesmo é dos ratos dele.

A mãe é diferente: ela sente falta dos parentes dela. De visitar eles, essas coisas... Eu lembro, quando a gente ainda estava no Brasil, ia comer *sushi* e *sashimi* na casa dos meus bisas, lá na zona norte, perto do aeroporto de Guarulhos.

Eles nasceram no Japão, mas se conheceram e se casaram no Brasil. A bisavó era filha de um oficial da Marinha japonesa, veio menina para o Brasil. O pai dela era viúvo, casou de novo com uma brasileira. A bisa nunca aceitou a madrasta. Levava uma vida de princesa no Japão, criada pelos tios ricos, tinha o que queria. No Brasil, foi trabalhar na lavoura, e a primeira comida que deram pra ela foi salame, ela nem conseguiu comer.

Daí conheceu o bisa e casou. Teve vários filhos, nem queria que eles se casassem com brasileiros, de jeito nenhum. Mas pagou a língua, porque só a primeira filha se casou com japonês, o resto dos filhos casou com brasileiros. A *obaatyan* precisou até de ordem do juiz para casar com o vô português, porque a mãe dela não deixava.

Os bisnetos dessa bisavó são quase todos mestiços como eu. Ela morre de amores pela gente, e acho que finalmente esqueceu a madrasta, ou o preconceito, dá na mesma. Ela e o bisa não falam quase nada de português, e quando a *nonna* conversa com eles, eles riem muito, riem o tempo inteiro, e a *nonna* fica toda contente achando que está agradando...

Cada um tem sua história...

Às vezes, fico pensando... o que estou fazendo aqui? Os meus amigos, que vivem no Brasil, nunca precisaram se preocupar com essa coisa de mudar de país. Os pais trabalhavam num serviço normal, tinham ponto pra bater, isso aí.

Comigo precisava ser diferente: ter pai cientista. Com esse trabalho de operar cérebro de rato. Até que é bacana quando sai artigo dele publicado nas revistas, ele mostra pra gente... mas, se eu estivesse no Brasil, ia ser mais legal, porque podia mostrar para os meus amigos.

Claro que também tenho amigos por aqui... o garoto e a garota indianos que moram no meu condomínio. A família deles é da Índia, mas eles nasceram no Canadá e depois vieram pra cá.

Tenho também um casal de amigos franceses, mas esses logo vão embora, porque o pai deles é médico e vai trabalhar na Arábia Saudita. Como eu disse, a gente se entende em inglês. Às vezes, cada um se põe a falar sua própria língua, dá a maior confusão. Chega até a ser divertido.

A amiga da mãe também teve um bebê, mas ele só serve para amigo do Dani. Eles se entendem lá no blablablá deles.

Tenho os amigos da escola também. A gente passa bastante tempo junto, porque a escola aqui vai desde o período da manhã até o meio da tarde, a gente almoça lá. É período integral.

Tem um amigo do pai que se mudou pra cá este ano. Veio do Brasil pra fazer doutoramento, ele é engenheiro eletrônico. Ficou morando no andar de baixo, junto com outro colega. Às vezes, ele sobe para bater um papo, ele é filho único, diz que sente muita falta dos pais dele, então vem conversar com a gente.

Eu gosto de estudar, principalmente Geografia... fico imaginando tanto lugar diferente, o mundo é tão grande! Quando eu crescer vou querer viajar muito, conhecer um montão de países, vai ser legal demais.

O pai viaja bastante, outro dia ele foi à Alemanha, falar numa universidade de lá. Perguntaram como é que ele sendo loiro de olhos azuis podia ser brasileiro. E, se o Brasil ficava na África, ele devia morar perto da *jungle*...

O pai nem piscou: disse que a *jungle* começava na esquina da casa dele. Que os rinocerontes vinham comer as rosas do jardim e ele caçava tigre toda semana. (E o pior de tudo foi que eles acreditaram!)

Daí o pai comentou com a mãe:

— Antigamente a capital do Brasil era Buenos Aires. Agora o Brasil já tá na África... quero só ver quando o Pedro crescer.

Pensando bem... o que será que eu vou ser quando crescer? Quando a mãe tava de repouso, a gente não tinha muito o que fazer, então eu me liguei nos dinossauros. Aprendi o nome em latim de doze tipos deles.

Daí o pai me comprou um livro maravilhoso sobre os dinossauros da América, eu adorei. Todo ilustrado, com todos os meus amigos.

O pai compra muito livro e disco, o escritório dele é um caos de tanto livro e disco misturados com computador. E roupas no chão, claro! A mãe já nem entra lá, diz que não sabe nem por onde começar... pra pôr ordem naquilo. O pai disse que não precisa de ordem nenhuma. Ele trabalha muito bem no caos, obrigado.

De tanto ouvir essa palavra eu perguntei:

— Pai, que é o caos?

Ele respondeu:

— É o meu escritório. — Daí eu entendi direitinho.

Quem curtia muito livro e caos era a vó do pai, a minha bisa. Tinha uma biblioteca que era a paixão dela, vivia na maior confusão mas fechada a sete chaves, de vez em quando ela mostrava. Aquele montão de livros encadernados, numa estante enorme, precisava até de uma escadinha pra subir.

Ela era fissurada em História do Brasil, e seu personagem predileto era o D. Pedro II, mais ou menos como a *nonna* com o Picasso. A bisa e o D. Pedro II parece que tinham sido assim vizinhos a vida inteira, desses que emprestam xícara de açúcar, "sacomé".

A bisa sempre dizia que fizeram uma baita injustiça com o coitado do D. Pedro II. Proclamaram a República meio na marra e mandaram o velhinho embora do país no meio da noite, quase que ele caiu no mar quando foi subir no navio, e até reclamou dizendo que parecia escravo fugido... Então eu quis saber o que era escravo fugido. E ela me contou a história da escravidão no Brasil e me falou de um cara legal, o Zumbi, do quilombo de Palmares.

Quilombo era uma verdadeira cidade dentro da mata, onde viviam os escravos negros que fugiam das fazendas... Lá também viviam muitos brancos e índios, era assim uma democracia racial.

Eles tinham rei e guerreiros que defendiam o quilombo. Havia muitos quilombos, e o mais importante deles foi o de Palmares, que durou quase cem anos, a idade da minha trisavó (a mãe da bisa).

Zumbi foi o último rei do quilombo de Palmares. Morreu lutando contra as tropas de um bandeirante muito sanguinário, um Exterminador daquele tempo, chamado Domingos Jorge Velho, que foi contratado para esse serviço... Dizem que o Zumbi pulou num precipício pra morrer livre, mas a bisa disse que isso é lenda, ele morreu mesmo foi lutando, e só então o quilombo caiu.

Achei essa história o máximo. E já que a *nonna* curte tanto o Picasso, e a bisa curtia o D. Pedro II, fico mesmo é com o Zumbi: ele é um herói de verdade! Não esses bobocas de desenho de televisão, que resolvem tudo no vapt-vupt; ele deu a vida pelo sonho dele!

Depois a bisa continuou a história do D. Pedro II e disse que ele foi morar na Europa, e tinha tanta saudade do Brasil que dormia com um saquinho de terra brasileira debaixo do travesseiro. Ele nunca mais voltou e morreu lá na França.

Quando eu penso nisso, me dá uma pena! Também sinto muita falta do Brasil e até entendo o D. Pedro II dormindo sobre a terra brasileira. Deve ser triste, muito triste, não poder voltar ao país da gente... e a bisa sempre dizia que, se era para fazer o que fizeram com o Brasil, não precisava enxotar o D. Pedro, podiam ter deixado ele morrer na terra dele.

A bisa gostava muito de música. Não pôde estudar quando criança, porque os pais dela não tinham condições de comprar um piano. Depois que ela finalmente comprou um, ele ficava no lugar de honra da casa, com uma toalha de renda por cima dele, e um feltro sobre o teclado... Ela tocava muitas músicas, mas a preferida dela era *La Cumparsita*.

A bisa também tinha mania de fazer árvore genealógica. Cada raminho da árvore ela punha um nome: do avô, da avó, do pai, da mãe, dos filhos todos... como se a família de alguém fosse uma grande árvore, que fosse dando fruto, fruto, fruto... No último raminho ela botou meu nome, dizendo que, quando eu crescesse e também fosse pai, deveria colocar os nomes dos meus filhos...

Um dia... eu já estava morando aqui, o pai falou muito triste:
— Pedro, a bisa não vive mais lá no Brasil, ela foi se encontrar com o D. Pedro II.

Aí eu entendi que a bisa tinha morrido, mas não fiquei triste, porque, se ela tinha ido se encontrar com seu ídolo, era dez. Até tive um sonho muito bonito: a bisa e o D. Pedro II sentados ao piano, tocando o *Bife*, como ela fazia comigo. Contei pro pai e ele também achou o sonho legal.

O pai também tem seu ídolo, é o Einstein. Ele tem um baita pôster do Einstein lá no caos dele. E fala do Einstein como de um amigo muito querido, igualzinho à *nonna* com o Picasso e à bisa com o D. Pedro II. Gente grande é tudo parecido, e eu, como já estou ficando gente grande, escolhi o Zumbi e acho que estou muito bem acompanhado.

Lá na casa da bisa agora só sobrou a trisa, ainda não falei dela, que mora com uma enfermeira. Mais os retratos de todos os que se foram: o marido, a mãe, os filhos, tanta gente! Eu olho aqueles retratos e fico pensando... pra onde será que todos eles foram?

A trisa agora só tem os netos pra cuidar dela... quer dizer, os filhos do filho nem dão as caras, quem cuida mesmo dela é a minha *nonna* e a irmã, as filhas da bisa.

Aliás a *nonna*, para a trisa entender o valor do dinheiro brasileiro, que muda de nome a toda hora, já não diz só o que vale, mas vai contando histórias. No tempo do cruzado novo, por exemplo, ela ensinava: "Esta é a Cecília Meireles, aquela grande poeta, este é outro poeta maior, o Drummond, este é o Marechal Rondon, que desbravou o sertão e dizia que antes morrer que matar um índio"... e por aí. A trisa conhece dinheiro pelas figuras e ainda fica sabendo uma porção de histórias.

A *nonna* diz que num país maluco como o Brasil (onde a trisa já aprendeu a escrever cinco vezes por causa da mudança ortográfica e agora parou no *assúcar* com dois esses) no qual o dinheiro muda de nome como mulher de penteado... tem mesmo de usar a criatividade, senão todo mundo pira.

A casa da trisa é um mundo encantado, cheio de livros, de retratos... ela vai mostrando e contando a vida de cada um...

Antes de dormir, a trisa beija todos os santos que ela tem espalhados pela casa, beija os retratos, beija tanto que um dia ela se atrapalhou e beijou um retrato do Getúlio Vargas, um antigo presidente do Brasil, que o trisa (quando ainda era vivo) tinha deixado ali por engano.

Na frente da casa tem um pé de jasmim-trepadeira. Quando floresce bate um cheiro legal, as flores brancas se esparramam pelo chão...

Eu gosto de lá. É como entrar numa história de fadas, descobrir um mundo que eu não vivi, mas, de alguma forma, é meu também.

O mundo é uma coisa gozada: uns vão morrendo, outros nascendo... eu às vezes penso nisso também. Quem sabe, as pessoas quando morrem viram estrelas. Um grande escritor brasileiro, o Guimarães Rosa, escreveu que as pessoas não morrem, elas ficam encantadas.

O que será ficar encantado? Dormir como a Bela Adormecida daquela história de fadas, esperando o príncipe chegar? Vai ver então a bisa ficou encantada, esperando o D. Pedro II para tocar piano com ela, como eu sonhei.

Se ela ainda fosse viva poria os nomes do Chico e do Dani ao lado do meu, nos outros raminhos da tal árvore genealógica. Preciso avisar a *nonna* para não esquecer de fazer isso, a bisa ia gostar.

O mundo é tão velho, mais velho que a trisa, muito mais. Ela ficou escandalizada porque nem eu nem o meu irmão somos batizados. Quando eu vivia no Brasil, um dia ela falou que não se conformava de eu ser pagão. Eu perguntei o que era pagão, então ela desconversou:

– Quer pipoca, Pedro?

Eu não sou batizado, porque os meus pais não têm religião. A *obaatyan* acho que é budista, mas a família do meu pai é católica porque eles são descendentes de italianos e portugueses. Apesar de não ser batizado, eu tenho padrinho e madrinha que também são médicos: ele é geriatra e ela é pediatra. Um trata de velhinho e outro de criança, uma boa dupla!

A trisa diz que eu preciso acreditar em Deus. Quem é Deus? Ela diz que é o grande pai que está no céu. Mas o que é o céu? Ela diz que é o lugar para onde foi a bisa porque era muito boa. Se a bisa e o D. Pedro II ficaram encantados como o pai falou, então o céu deve ser um castelo, como nas histórias de fadas.

Afinal, valeu a pena?

E a vida... também será encantada? Nasci no Brasil, agora moro aqui, mudou tanta coisa na minha vida! Acho bacana quando o pai diz que, em qualquer lugar do mundo, ele pode sobreviver. Porque tem um sonho muito grande, então leva esse sonho dentro dele, não importa o lugar onde esteja.

Em toda parte há pessoas, gente como a gente, cheia de sonhos. Só que alguns realizam, outros não. Penso nos meus amigos franceses que vão viver na Arábia Saudita. A mãe deles, como é estrangeira, não vai usar véu como as mulheres de lá. Algum dia, quando voltarem, vão ter muito o que contar.

Cresci muito desde que vim pra cá, não só no tamanho: fiquei grande por dentro. Foram tantas experiências novas, tantas pessoas diferentes que eu conheci.

Aqui no condomínio, moram muitos indianos. As mulheres pintam um círculo na testa, uns são vermelhos, outros pretos. Fiquei observando: acho que se a mulher é solteira ou casada, pinta a testa de uma cor correspondente a isso.

Usam roupas muito coloridas, saias até os pés, e, quando faz frio, põem tênis e casaco de náilon por cima. O vento levanta as roupas que são fininhas... elas estão longe da Índia, mas o modo de se vestir, o jeito de viver é do país de onde vieram: levam a Índia dentro delas.

Então o meu jeito de ser eu também carrego comigo. Sou um pouco de tudo que deixei no Brasil: a casa do vô, as espadas de madeira que ele fazia pra gente brincar, o piano da bisa, a sopeira cheia de pipocas da trisa, o *sushi* e o *sashimi* da *obaatyan*, as pinturas da *nonna* — sou aquele raminho da árvore genealógica que, esteja onde estiver, não muda, porque antes de mim veio tanta gente, e tem um pouco de cada um dentro de mim.

A mãe diz que eu pareço mais velho, que cresci de repente. É isso aí. Até já penso no que vou ser quando crescer de verdade.

Gosto muito de dinossauros, então acho que poderia ser um paleontólogo. Outra coisa que eu curto muito é corrida de Fórmula 1. Nisso, o pai fecha comigo. Chegava a ligar para o Brasil, só para saber em que posição sairia o Senna. Quando o Senna ganhou o tricampeonato, a gente vibrou que foi uma loucura! E quando ele partiu, naquele acidente besta, foi a maior tristeza!

A *nonna* manda toda semana o caderno de esportes do jornal que ela assina, revistas; ela diz que não quer que eu esqueça o português, não posso perder as minhas raízes.

O vô diz que só mesmo a *nonna* pra ter essa paciência, pegar fila no correio; ela responde que é amor de mãe, o vô replica que ela é cricri, ele não tem saco pra isso. Ele até resolve as coisas do meu pai, mas quando precisa tempo e paciência é com a *nonna* mesmo. Ela explica que aprendeu a ser paciente; sendo artista, precisa de uma paciência danada para esperar ser famoso um dia.

Essas coisas eles escrevem nas cartas, dizem nos telefonemas. O vô diz que tá ficando arruinado com a conta telefônica, então liga depois da meia-noite no Brasil, sempre fica mais barato. E, por causa do fuso horário, aqui é mais cedo.

A mãe é linha-dura, nove e meia bota o Chico e o Dani na cama, e eu tenho quinze minutos para acabar de ler... às vezes, quando o vô liga, eu já tô dormindo, fico uma fera com a mãe, ela diz que disciplina é disciplina, acho que é o lado japonês dela. Droga!

Certo dia veio uma revista com uma reportagem sobre o Cristóvão Colombo e os quinhentos anos de descoberta da América. Eu já tinha visto uma série na TV, mas a *nonna* fez questão de mandar para eu ler em português.

Fiquei vidrado na história. Já pensou aqueles marinheiros todos, dentro das tais caravelas, morrendo de medo dos monstros que eles pensavam viver dentro do mar, sem saber direito para onde iam e o que iriam achar?

Fico imaginando o Colombo descendo em terra... vendo os índios americanos. O que ele pensou, o que os índios pensaram?

Coitados dos índios, se ferraram. Havia milhões de índios na América, foi... como é mesmo a palavra? Um ge-no-cí-dio! Os brancos trouxeram muitas doenças que eles não conheciam e fizeram o diabo com os índios. Tinha gente que apostava como matava um índio mais depressa que o outro, cortando a cabeça, abrindo a barriga, tirando as tripas, assando em espetos nas fogueiras, dá pra acreditar?

O que será que aconteceria se Colombo e os outros depois dele não tivessem descoberto e conquistado a América? Será que eu nunca teria nascido? Ou teria nascido índio?

A bisa gostava de contar a história do Atahualpa, o último imperador inca do Peru antigo. Quando o Pizarro, um conquistador espanhol, chegou, a civilização inca era uma beleza. Tinha estradas, sistemas de irrigação, até serviço de correio. Tudo o que o Atahualpa usava era de ouro, ele era venerado como um deus e havia a lenda, assim muito bonita, de que, quando ele morresse, ressuscitaria no dia seguinte, igualzinho ao Jesus que a trisa fala que ressuscitou no terceiro dia e foi morar com o pai dele, o tal Deus, lá no céu.

O Pizarro, um cara por sinal bem ignorante, que criava porcos, chegou com 180 homens, uma titica de gente. O império inca era maior que o império romano, com milhões de pessoas e milhares de guerreiros. O Atahualpa tava lá, tranquilão, na tal praça chamada Cajamarca, rodeado dos guerreiros dele.

Só que os incas nunca tinham visto cavalos, armaduras, canhões e nem conheciam a pólvora. Ficaram apavorados com aqueles homens estranhos, vestidos tão diferente deles: seriam deuses?

Marcaram a maior bobeira, e o Pizarro não perdeu tempo: os canhões dispararam sobre eles, e ainda atacaram com lanças e espadas, os índios não tiveram chance, foi uma chacina. A bisa dizia que nunca ninguém conseguiu entender como aquele punhadinho de espanhóis dominou um império.

E eles ainda fizeram pior. Pegaram o Atahualpa, que era o deus deles, e exigiram ouro, muito ouro, feito os sequestradores que pegam gente (tá acontecendo muito lá no Brasil). Sequestram a pessoa muito rica e exigem milhares ou milhões de reais, até dólares, para soltá-la.

O povo inca, coitado, ficou desesperado. Trouxe ouro do império inteiro... encheu um salão de ouro, até o teto. Mas o Pizarro não tinha palavra: mandou matar o Atahualpa com garrote vil*. Mas o povo nem aí: não tinha aquela certeza de que o Atahualpa, sendo um deus, ressuscitaria no dia seguinte?

Eu fico só imaginando o povo inca, a noite inteira... sem dormir, esperando o Atahualpa voltar à vida... o sol nasceu, aquele sol que eles adoravam e do qual o Atahualpa era o filho predileto... e nada dele ressuscitar... então perderam o ânimo de vez, porque o bem maior deles, que era o imperador inca, morrera.

Tem até uma lenda interessante: um dia os índios pegaram o Pizarro, botaram um funil na boca dele, encheram o cara de

---

* Garrote vil: misto de forca e de um pino de ferro que entra pela nuca do condenado, usado na Espanha daquela época.

ouro derretido... Olhe, se foi verdade, foi bem feito! Não era ouro que ele queria? Não mentiu, não roubou? Não sai da minha cabeça a cena do povo todo acordado, esperando o sol nascer, pra ter o Atahualpa de volta, vivinho da silva!

Lá no México, teve outro conquistador espanhol, o Cortês, que também fez o diabo com os astecas e com o último rei deles, o Montezuma. Não que os astecas e os incas fossem assim uns anjinhos, não é nada disso. Eles faziam sacrifícios humanos, o diabo com os prisioneiros das guerras deles... mas, como dizia a bisa, fazia parte da cultura, apesar de hoje parecer horrível.

E será que havia um ideal, um sonho, por parte dos conquistadores? Ou era apenas a ambição de riquezas e de glórias?

Será que teve mesmo muita coisa pra comemorar? Acho que os índios, ou os descendentes deles, acharam que não. Eu, que tenho uma bisavó índia, também me pergunto isso.

Os índios viviam felizes, antes do Colombo, do Pizarro, do Cortês, do Pedro Álvares Cabral que supostamente descobriu o Brasil... mas dizem que eles trouxeram a fé cristã, os conhecimentos da Europa, a língua espanhola, que a maioria dos países americanos hoje fala, e o nosso português. Mas eu também me pergunto: de que adiantou tudo isso para os índios, se já eram os verdadeiros donos da América?

Eles já tinham o próprio idioma, a religião, o jeito de viver deles. É claro que se não tivesse sido descoberta a América eu talvez nem tivesse nascido, ou nascido na Itália, em Portugal, ou mesmo no Japão, ou até na Grécia...

Ou podia ter nascido índio como a minha bisavó. E talvez continuasse muito feliz, vivendo como eles, adorando o sol e a lua. Daí não tinha hora pra dormir, nem precisava ir à escola, nem havia o Brasil nem nada, era tudo só uma grande terra, cercada de oceanos, um verdadeiro paraíso! Mas também não teria o Senna, nem meu livro sobre os dinossauros, nem o pai seria cientista, nem...

O passado
é logo ali...

Entro na máquina do tempo, retorno para mais de quinhentos anos atrás... preciso conferir a História... eu preciso...

Meu nome é Pablo, sou um menino espanhol. Nasci pobre, sou apenas o pastor das ovelhas de meu pai.

Estou sentado à mesa de jantar. Enquanto corta o pão que a mãe assou no forno de barro, o pai conta: do porto de Palos, vai sair uma frota, comandada por um cara meio maluco, que já foi pirata na juventude e se julga um enviado de Deus. Esse cara se chama Colombo e garante que a Terra é redonda e ele pode chegar até as Índias, viajando pelo Ocidente, uma loucura! O pai bem que gostaria de ir junto, mas é quase um velho, já não tem mais forças...

A mãe então fica assustada: onde já se viu ele pensar nisso, tem família pra cuidar, essas viagens são terríveis, e há monstros no mar sem fim ou precipícios medonhos. Então o pai responde: são coisas de homem, não de mulher, onde ela ouviu essas besteiras, precisa fazer um pão mais fermentado em vez de repetir lorotas...

A mãe garante que ouviu isso do avô dela, que foi marinheiro na juventude e gostava de contar suas aventuras no mar... Então o pai replica: aquelas eram viagens curtas, por lugares já conhecidos, que está falando de coisa muito maior, de enfrentar mares e terras desconhecidos, cheios de perigos, de onde um homem jamais sabe se vai voltar...

A mãe tenta dizer que é sobre isso mesmo que ela está falando, mas ele não quer ouvir, continua cortando o pão...

Sentado à mesa, comendo quieto meu pão com azeitonas, escuto o pai e a mãe e de repente me dá uma vontade louca de ver esses perigos todos de perto, de pôr um pouco de aventura na minha vidinha besta de guardador de ovelhas. E o pai continua: a armada de três caravelas vai sair no dia 3 de agosto, e o almirante é um obstinado, demorou anos para conseguir permissão e meios para a viagem, alguns dizem que ele é louco, outros que ele é mesmo o enviado de Deus.

Então é a vez da mãe perguntar onde o pai tinha ouvido isso, e ele explica: foi na feira do povoado, chegou um menestrel que veio do lugar onde tudo acontece e trouxe a notícia fresca; juntou muita gente em volta do cantador ambulante para saber as novas...

Nessa noite não durmo, rolo na cama, sinto cócegas pelo corpo inteiro. Quando não aguento mais, pulo da cama, acendo a vela, ponho a muda de roupa num saco de pano, pulo a janela, corro pela escuridão do pátio, pego a estrada... conheço o caminho, já fui por muitos lugares com o pai, vender as ovelhas nos mercados.

Ando por dias, dormindo nos pastos, comendo restos de pão que os pastores condoídos me dão, bebendo água junto com os rebanhos... vou ficando sujo, a roupa rasgada, mas cada vez chego mais perto... nem penso no pai nem na mãe, na aflição deles, quando acordarem e virem a cama vazia, a vela no fim, derem falta da roupa, descobrindo que o filho tinha fugido e talvez não voltasse nunca mais.

Dias de susto!, perguntando os caminhos, fugindo dos assaltantes na estrada, encolhido nas árvores por medo dos lobos... Mas o desejo de aventura é maior que tudo... Até que um dia encontro um marinheiro, ele vai pelo mesmo caminho, tem o mesmo desejo: embarcar na grande aventura do capitão sem medo.

Esfomeados, cansados, finalmente chegamos ao nosso destino: o porto de Palos. Lá estão atracadas as três caravelas, como três grandes aves brancas que vão singrar o oceano sem fim...

O meu companheiro é destemido, logo procura o camarada responsável pelos homens que vão embarcar, conversa com eles, me esquece, trata dos próprios interesses. No meio da confusão, dos barris que levam para dentro dos navios, eis que um murmúrio se ergue no ar; sigo os olhares daqueles homens rudes.

É o grande capitão que chega, com seu casaco bordado e seu chapéu de veludo. Vem com passos largos, é uma figura que causa admiração: alto, ruivo, olhos azuis, jeito arrogante, mas ao mesmo tempo ansioso.

Sou pequeno, me encolho, passo entre pernas, braços, sacolas, mil cheiros de queijo e vinho, me entorto e finalmente apareço bem ao lado do capitão, que me dá um tapa como se enxotasse uma vespa.

Mas grudo nele, sigo, colo nas suas botas, nas calças bufantes, me faço ver, sentir, e suplico, o tempo todo peço, engasgado: me leve, senhor capitão, eu aguento tudo, eu preciso ir, fugi de casa, andei léguas e léguas, não tenho medo de nada, eu dou a vida pelo senhor!

O capitão, primeiro, nem me olha, mas insisto tanto, me grudo tanto em suas botas, que ele talvez me escute. Então me vê, por um momento milagroso fica pensativo, e quem sabe imagine de que forma uma vespa como eu serviria na grande frota que parte sob as bênçãos dos reis da Espanha para chegar ao Oriente, através de uma rota estranha e cheia de perigos como aquela.

Mas é meu dia de sorte, ou o capitão talvez precise de um moleque sabido para fazer mil trabalhos. Todos os sinos tocam quando ele diz: mande o menino embarcar, ele vai ser útil, um dos grumetes caiu com bexigas.

E quando a frota parte, velas infladas no vento da madrugada, me debruço na amurada da Santa Maria, vendo a terra diminuir de tamanho, e ali estou eu, no caminho que eu próprio escolhi: chegar às Índias, junto com Colombo...

Mas, a bordo, a coisa não é fácil, chego a me arrepender de ter embarcado. No mar aberto as ondas têm seis metros de altura. A caravela, toda de madeira, facilita a entrada da água. Nos porões, marinheiros em turnos tentam devolver, com uma bomba de madeira, o mar que entra aos borbotões. É uma tarefa de Hércules. Em pouco tempo os braços estão cheios de câimbras, e os marinheiros gritam como loucos, xingando o velho mar que não tem pena deles.

Quanto a mim, na função de grumete, logo me enfiaram a ampulheta nas mãos, para medir o tempo de hora em hora. Não sei o que é pior: saber que o mar está entrando por todas as frinchas do navio, enchendo os porões, ou ficar virando a maldita ampulheta, olhando a areia que cai, como se fosse um castigo eterno...

O estômago rói de fome, mas ainda não é hora da comida. Um dos marinheiros é também cozinheiro. Ele tenta, e o mar não ajuda, colocar umas carnes dentro do caldeirão sobre um tanque de areia que faz as vezes de fogão, num canto do convés. Alguém tenta roubar um naco de carne, leva um sopapo tão violento, que rola nas tábuas do piso.

Não se pode cozinhar muito, há sempre o perigo de incêndio. Todo cuidado é pouco. Muitas vezes, a água do mar explode por cima do caldeirão e se mistura ao angu de dentro, mas quem reclama? A fome é tanta que o que vier é bem-vindo.

Quando finalmente a comida fica pronta, não tem um sabor definido ou aparência certa. Juntos, nós, os marinheiros da Santa Maria, recolhemos nossas porções e tratamos de mastigá-las, engoli-las e digeri-las, ainda agradecendo ao Senhor por elas.

Só o capitão come na sua cabine, porque ele é o grande enviado, e merece essa honra. Ali também pode dormir à noite, enquanto nós nos esprememos em poucas redes ou amontoados pelo chão, como der, os mais fortes disputando a socos o melhor lugar no meio do barco.

Não há banheiro, nos viramos como podemos. E nem reclamamos dos ratos e baratas que passeiam, à noite, pelos nossos corpos, à procura de restos de comida.

Tomo o resto da água misturada ao vinho, para não ficar salobra. Isso tem me deixado tonto o tempo inteiro, mas me ajuda a espantar o frio e o medo da escuridão. Olho no céu as estrelas: parecem tão longe, e morro de pavor lembrando o que a mãe contava dos monstros terríveis, que se levantavam do mar à cata de homens para devorá-los, e dos abismos do fim do mundo, onde as embarcações caíam para sempre...

O marinheiro que fez o caminho comigo, nem sei por onde anda, se ao menos conseguiu embarcar... As costas me doem: quando por caso adormeço trabalhando com as ampulhetas – os miseráveis relógios de vidro e areia que devo controlar –, sou acordado com chicotadas no lombo. Não posso dormir em serviço, mas como conseguir isso se vivo embriagado, com fome e, ainda por cima, apavorado?

Às vezes, o almirante passa por mim, não me reconhece, sou um a mais no meio dos outros, a vespa que ele deixou embarcar no seu navio. Ele gasta horas olhando a posição do sol, durante o dia, e da lua e das estrelas, à noite... Depois se tranca na sua cabine e faz cálculos intermináveis, com o quadrante que ele não larga nunca, ou escreve no seu diário.

A vida a bordo continua... mesmo aterrorizados, com fome, ninguém para de trabalhar: sobem e descem as velas, até caírem de cansaço. Outros tomam então os seus lugares.

E ainda temos de rezar: de manhã, pai-nosso, ave-maria; à tarde, salve-rainha. Rezamos sob sol ou a pior chuva, nisso o almirante é implacável.

Dois homens, um na popa, outro na proa, controlam a velocidade do navio; se dormem no ponto, levam as mesmas chicotadas que nós, os grumetes das ampulhetas.

Somos um bando de formigas esfaimadas e sujas, que não param de trabalhar, comem agachadas e se jogam no chão para dormir, depois de fazer as necessidades no mar ou em algum canto.

A chave da despensa está pendurada na cinta do capitão, ai de quem pegar: vai virar bandeira no alto do mastro principal. Mas pior que a fome é o medo. Para onde estamos indo, afinal? O que nos espera? Solitários e medrosos, só criamos alento quando um dos marinheiros toca o seu alaúde, cantando as aventuras de um cavaleiro em defesa de sua dama.

Mas, certo dia, alguém grita lá na popa do barco. Ninguém sabe o que é, fica todo mundo apavorado. Será um monstro, será terra à vista?

Então me dá uma saudade da mãe, do pão cheiroso que ela fazia no forno de barro. Saudade do pai, das suas reprimendas, saudade até das ovelhas. Mas não tem volta, eu escolhi o meu destino, e ele agora faz parte deste mar sem fim...

Muitos anos naveguei, primeiro como grumete, depois como marinheiro, que tirava água do porão, levantava e abaixava as velas. Descobri novas terras com Colombo, depois fui às Índias com Vasco da Gama, dessa vez contornando o continente africano, pelo cabo da Boa Esperança. O mar para mim já não tinha segredos... nunca mais voltei para casa, e meus pais devem ter pensado que morri, há muito tempo, vítima de salteadores.

Mas, desde a primeira vez que pisei em terra firme, daquele imenso continente agora chamado América, eu soube: aqueles gentis homens e mulheres de tez acobreada, os quais acenavam e sorriam nas praias de areia fina, não seriam jamais felizes, não depois daquele dia.

Dias terríveis viriam, e só se salvariam aqueles que fugissem para bem longe, se embrenhando na mata virgem, e nunca mais quisessem contato com o branco...

De certa forma me envergonhei disso... do que vi, do que ouvi, do que não pude evitar, até do que fiz. Tão lindo lugar, tanta inocência por lá, mesmo um pobre marinheiro como eu se transformava num cruel conquistador: trazendo tristeza e cobiça, pilhando e matando em nome de Deus e do rei.

Do presente ao futuro... é só um pulo!

Agora sou um velho como era meu pai, quando parti. Conto histórias nas feiras, vejo os olhos arregalados dos moleques à minha volta, igualzinho a mim quando fugi de casa. Já não embarco em navios, perdi as forças. Vivo das moedas que o povo joga. O povo gosta de histórias de aventura e medo, e sei como contá-las. Até invento, aumento, para ficar mais interessante.

Durmo sobre pedaços de madeira ou panos. E sonho que sou menino outra vez, e estou na casa de meus pais, e a mãe me sacode:

— Tá na hora da escola, Pedro!

Com alegria, vejo a mãe: seus olhos amendoados, de mestiça de japonês com português. Já não sou o grumete da caravela de Colombo nem o velho marinheiro das feiras. Sou o Pedro, que nasceu no Brasil e mudou de país, e sonha tanto, viaja tanto pela imaginação, que até esquece quem é.

Tomo banho, visto a roupa, amarro os tênis... pelo menos estou livre da ampulheta. A mãe continua falando:

— Se ligue, Pedro, caia na real, deixe pra sonhar depois...

O pai diz que, pelo jeito, vou ser mesmo um escritor. Imaginação é o que não me falta. Esse meu jeito curioso de reparar em tudo (e depois inventar histórias) é sintoma de que eu posso ser um escritor, sim. Que a arte, seja ela qual for, se manifesta muito cedo. Isso diz o pai, eu ainda não sei.

Essa história de Colombo mexeu com a minha cabeça, não sai mais de dentro dela. Mas será que sobrou ainda alguma terra para ser descoberta? Hoje a gente pega um avião aqui, depois de algumas horas está no outro lado do mundo, o danado do avião nem parece que saiu do lugar, ficou parado no ar. Hoje, a gente pega um telefone e fala com qualquer lugar do planeta, como se a outra pessoa estivesse na sala ao lado.

O que há mais para descobrir que me dê uma emoção igual à de um marinheiro na caravela de Colombo?

Agora estou numa nave espacial, viajo na velocidade da luz. Vou ficando tonto, mergulho num sono profundo, de alguma forma estou atravessando fronteiras, desbravando o universo, como num mar de estrelas...

Acordo meio assustado. Estou numa espécie de torre de vidro e, aos poucos, tomo consciência: sou um garoto do planeta Mir, do Sistema de Lós, que pertence à galáxia 13M31. Lós é como chamamos nosso Sol, a estrela mais brilhante da galáxia. Tudo em nosso planeta é movido por essa energia, dispensando qualquer outra.

Meu corpo é revestido de uma pele gelatinosa autolimpante, dispensando qualquer tipo de roupa. Minha aparência é agradável. Não transpiro nunca e sou insensível ao frio e ao calor;

dentro de mim há um regulador térmico que mantém minha temperatura em torno de 31 graus galácticos.

Sou também imune a doenças, mas se, por um acaso, meus mecanismos internos falharem, serão trocados por outros novos e em perfeitas condições. Tenho, como todos os habitantes de Mir, um tempo certo de vida, que é muito longo: em torno de trezentos anos-Lós. Quando esse prazo termina, nosso controle geral se desliga automaticamente. E, como somos recicláveis, nosso material genético é então remetido ao computador biológico, que irá produzir outro ser, tecnicamente perfeito, a partir apenas de fios de cabelo das matrizes, no caso o pai e a mãe do novo ser. Sou filho único, mas meus pais poderiam ter outro, a qualquer momento, independentemente da idade.

Não vou à escola. Em meu corpo gelatinoso, tenho uma abertura — isso permite a introdução de disquetes que, acoplados à pele, transmitem, ininterruptamente, todo tipo de conhecimento intergaláctico. Gosto muito de História e, no momento, estou estudando vários planetas de galáxias distantes, ainda muito atrasados, mas com uma cultura interessante.

Quando todos os disquetes se esgotam, o computador responsável fornece novos, e assim, por toda a nossa vida, somos abastecidos de conhecimentos, que nos mantêm atualizados.

Os computadores, aliás, fazem todos os serviços neste planeta. São dotados de inteligência e emoção, e perfeccionistas até o limite. Muitas vezes discutem entre si por ciúmes uns dos outros ou de nós, os habitantes de Mir.

Há computadores de todos os tipos por aqui. Por exemplo: meu quarto parece vazio, mas é só impressão. Se quero sentar ou deitar, a cama e a cadeira aparecem sob mim, adaptam-se ao meu corpo, num conforto completo. Esse trabalho é feito pelos computadores caseiros. Cuidam de tudo com uma dedicação de mãe. É só emitir ondas cerebrais que eles captam, atendendo aos nossos menores desejos.

Há também os computadores que regulam o tráfego aéreo, materializando veículos cada vez mais sofisticados de transporte.

Os computadores estratégicos simulam guerras para desenvolver táticas de defesa. Há tempos estamos em paz, depois de séculos de lutas com nossos vizinhos intergalácticos. Nossos inimigos são confiáveis e nossos amigos fiéis. A tática defensiva é apenas para não perder a prática.

Os computadores biológicos exploram todas as probabilidades da engenharia genética. Meu pai, que é cientista, trabalha com um deles. Discutem, em igualdade de condições, novas e brilhantes teorias. Meu pai e seu computador são tão parecidos que poderiam ser irmãos. Talvez porque o computador seja dotado de tamanha sensibilidade que, mesmo sendo uma máquina, acabe copiando muitas características do ser biológico.

Brigam muito também. Cientistas e computadores são temperamentais, ambos querem ser as estrelas do espetáculo. Me divirto muito com isso, e, às vezes, quando estou zangado com meu pai, porque me mandou dormir cedo, tomo o partido do computador.

A mãe é responsável por culturas de organismos; estes produzem os elementos essenciais à nossa sobrevivência. Absorvem a luz do Sol e, sob determinadas condições, geram um líquido incolor de sabor delicioso, que ingerimos três vezes ao dia, servido pelos computadores domésticos. Se estamos fora de casa, minicomputadores fazem o serviço.

Como somos felizes e não temos problemas, nosso objetivo agora é saber como vivem outros seres do universo e, quem sabe, repartir com eles todo o nosso conhecimento.

Amanhã embarco novamente em uma nave-mãe, que deve partir em dois dias. Faço parte de uma força-tarefa especial de jovens que têm, por finalidade, descobrir e explorar novos mundos...

Meus pais não tiveram opção nisso. Tudo é decidido pela cúpula dos dirigentes, formada por um computador-chefe e alguns naturais de Mir que se destacaram entre os demais. Todos os jovens, independentemente de sexo, devem cumprir essa fase iniciatória.

Aliás, falando em sexo... como não temos finalidade procriativa, isso nos liberou para um relacionamento amoroso muito especial, o que ocorre com o meu pai e a minha mãe. Espero que o mesmo aconteça comigo quando eu chegar, digamos, aos cem anos... por enquanto só penso em aventura.

Estou muito entusiasmado com a viagem. Seremos uma frota espacial, a nave-mãe escoltada por naves-filhas. Nosso destino é um planeta distante muitos anos-Lós, chamado Terra, o terceiro de um Sistema Solar de porte médio que pertence à galáxia Via Láctea.

Já há algum tempo sobrevoamos a Terra... captamos seus idiomas por um computador linguístico, que os decodificou: são pouco complexos, e descobrimos que, entre eles, um dos mais falados é o inglês. Outro também bastante difundido é o espanhol, numa parte do planeta chamada América, descoberta há mais de quinhentos anos-Sol, de forma casual, por um colega descobridor chamado Colombo. Um terráqueo que acho muito interessante por suas ideias, na época extravagantes, de chegar ao Oriente, viajando pelo Ocidente. Usava instrumentos de navegação tão rudimentares, como o quadrante por exemplo, que é quase inacreditável que tivesse conseguido se orientar no Grande Oceano.

Nos divertimos tanto nessas viagens: acompanhando as naves terráqueas muito rústicas ainda, chamadas de aeronaves, enlouquecemos seus radares, dando-lhes os maiores sustos.

Por enquanto, estamos apenas recolhendo informações. Mas já sabemos muito sobre eles: as pessoas nascem dos úteros das mães e são biologicamente imperfeitas, sujeitas a muitas doenças genéticas, congênitas ou adquiridas após o nascimento. Usam técnicas médicas tão estranhas que nem sei como às vezes curam, por ser tão limitadas. E, num curto espaço de tempo, as pessoas morrem, algumas de velhice, estágio que desconhecemos em nosso planeta.

As crianças vão a lugares chamados escolas, onde passam anos-Sol aprendendo História, Idiomas, Matemática, Geografia e, mais tarde, Física e Química. Nem todos têm essa oportunidade, e há, por incrível que pareça, gente analfabeta – não sabe nem ler nem escrever seu próprio idioma, coisa que nossos primeiros disquetes se encarregam de fornecer.

O mais engraçado é o modo como vivem: enchem suas casas de objetos na maior parte inúteis, deixando pouco espaço para locomoção. Necessitam de banheiros para higiene, e fervem os alimentos numa espécie de tacho por horas, como se ainda vivessem nas cavernas... Às vezes, nos lugares mais atrasados, cavam buracos no chão de onde tiram água, que, na maioria das vezes, é obtida de rios e lagos e tratada antes de consumida, para evitar doenças endêmicas e epidêmicas, comuns por lá... porque poluem rios e mares com sujeiras de todo tipo, as quais saem de suas fábricas pré-históricas, ou de suas próprias casas. Isso forma um círculo vicioso espantoso: por que, em lugar de tratar a água, não evitam poluir a fonte dela?

Comem outros animais, mortos com extrema crueldade. Ou então folhas, talos e gomos que semeiam e colhem em lugares chamados fazendas, onde o trabalho pesado é feito inclusive por crianças.

São guerreiros por natureza e fazem constantes guerras, onde são dizimados até milhões de seres. Depois vem a paz, mas ela não costuma durar muito. Como inventam armas de todos os tipos, talvez suas guerras cíclicas sirvam para utilizá-las. A mais poderosa de todas, de que muito se orgulham, é a bomba nuclear. Os que a possuem assustam os outros com a ameaça de usá-la. Mas sempre adiam esse uso, talvez por medo de uma hecatombe geral que destruiria todo o planeta.

Na Terra há seres marginais que são levados para lugares terríveis chamados cadeias. Em alguns lugares aplicam até pena de morte, com requintes de sadismo, o que nos choca muito. Como abolimos a maior parte das causas para a violência, temos poucos infratores em Mir. Se algum aparece, é remetido ao computador de reparos, que irá localizar a região traumatizada e devolvê-lo em perfeitas condições de convívio social com os demais habitantes.

Quando paramos no céu terrestre, em formação, às vezes acendemos todas as luzes das naves na esperança de sermos vistos. Mas os terráqueos se assustam facilmente, correm de medo, e se algum mais corajoso se atreve a contar que nos viu é logo chamado de louco, tornando-se um marginal.

Há na Terra um garoto especial que observo há bastante tempo: seu nome é Pedro e ele é muito esperto e imaginativo. Gostaria de trazê-lo para viver comigo por um tempo em Mir. Meu pai contudo diz que ainda não chegou a hora. Os terráqueos são muito desconfiados, fingem não acreditar em nossa existência, até denominam nossa frota de Ovni, que significa "Objetos Voadores Não Identificados". Talvez nos tratem como inimigos, que nunca fomos.

Ele diz também que, na Terra, apesar de ser um planeta atrasado, viveram e vivem homens admiráveis muito adiantados para suas épocas – eles pagaram ou pagarão com suas próprias vidas por suas ideias. Eu posso chamá-los de gênios ou heróis, o que eu acho a mesma coisa.

Por que não?

Discuto isso com meu computador-guia, na nave-mãe. Ao contrário de meu pai, ele bolou um plano perfeito: o de trazer Pedro para cá. Ele viverá como um garoto de Mir, sob nossa forma nativa. Por uns tempos, não só participará de nossa sociedade perfeita, como dela guardará memória. Aquilo que tanto desejamos será realizado.

Respondo: o pai se opõe e não costumo desobedecê-lo por questões de ética. O computador-guia ri e replica: esse pequeno ato de rebeldia nos tornará mais jovens. Como ele tem quase trezentos anos-Lós, acho graça, mas concordo.

Ele pede segredo, ninguém mais pode saber disso. O plano vai além; até penso que o computador-guia enlouqueceu de vez: ao mesmo tempo que trará o Pedro, me enviará para a Terra, na forma de um terráqueo.

Hoje, poremos nosso fantástico plano em prática. É só ajustar nossos biômetros com os relógios terrestres. Eles estão num horário esquisito que chamam de verão, o que retarda o pôr do sol.

Como o Sol deles é uma estrela fraca, até dá para entender o fato de querer aproveitar sua luz ao máximo. Se tudo der certo, estaremos vivendo a maior aventura de nossas vidas...

A calefação está ligada forte, estou molhado de suor. Preciso urgente de um banho. Na cama, ao lado da minha, meus irmãos dormem, sorrisos nos lábios, devem estar sonhando...

Tomo uma ducha. A água quente me faz cócegas no corpo. Enrolado na toalha passo pelo escritório onde meu pai trabalha, debruçado sobre o computador.

É domingo, minha mãe deve estar no subsolo do prédio, lavando e secando roupas, nas máquinas que funcionam com quatro moedas de 25 *cents*.

Tento puxar conversa com meu pai, ele apenas grunhe. Quer mesmo é continuar lidando no computador, nem em casa ele relaxa, acho que é viciado em trabalho.

Pela janela, vejo o outono lá fora: há montes de folhas, do amarelo ao marrom, sobre o pátio. Esquilos correm de um lado para outro em busca de comida. Um grupo de garotos joga beisebol, quase posso ouvir seus gritos. Está chegando o inverno e as árvores vão ficando nuas, como se quisessem pôr roupas novas, se preparando para...

– Pedro! – diz de repente o pai, levantando a cabeça do computador –, a gente vai passar o Natal no Brasil.

Meu coração pula no peito, fico mudo de emoção. A notícia cresce dentro de mim, como um pão fermentando... Vou rever o vô, a vó, a *obaatyan*, o *ojiityan*, meus tios, primos: vou voltar! Quantas coisas terei para fazer, gente pra ver, histórias pra ouvir e contar.

Falar das minhas experiências neste país, tão distante do meu, do medo que senti entre pessoas estranhas, até conseguir falar inglês, me fazer entender.

O primeiro dia de escola... tudo tão diferente! Nessa hora eu chegava a ter raiva do pai, por tirar tudo que eu amava, ter me separado das pessoas que também me amavam. Aqui eu era apenas o Pidro, um estrangeiro, desconhecido, mais um nome na lista de classe: meu nome não é Pidro, é Pedro!

Eu devo muito à Kate, a loirinha sardenta, que sentou na carteira ao lado da minha. Com seus cabelos loiros e seus olhos azuis, ela me pareceu uma boneca de porcelana. Ela se esforçou para falar meu nome direito, e, enquanto falava, seus dentes brancos e certinhos pareciam morder uma fruta madura: Pedro!

Eu beijei a Kate num dia de ventania, e nossos cabelos e roupas se misturaram... ouvi sinos tocando, ela disse depois que ouviu a mesma coisa. É uma experiência diferente, e, às vezes, penso que estou apaixonado; nem contei para o pai nem para a mãe, de medo que eles não entendessem essa coisa tão minha!

O vô talvez entenda, ele sempre me entende. Vou ligar para a Kate me despedindo, jurar que não vou esquecer dela, talvez não jure, sei lá, às vezes também fico muito confuso, porque ela é a minha primeira namorada e isso faz dela uma pessoa muito especial mesmo. Aquela que, pela primeira vez, me fez ouvir os sinos...

A notícia da viagem embaralhou minhas ideias, estou tão feliz que podia explodir de alegria! A primeira coisa que vou fazer no Brasil é pegar minha bicicleta de dez marchas e sair por lá, descobrindo de novo minha cidade, cada rua, cada esquina. Depois vou tomar sorvete de tudo que é fruta: limão, maracujá, abacaxi, coisa bem azeda, diferente desses sorvetes tão doces que tem por aqui. O pai garantiu que vai parar na primeira lanchonete e pedir uma montanha de baurus. Depois vai entrar numa cantina italiana e comer uma *pastiera de grano*, inteirinha, sozinho, até perder a respiração...

Vou chegar de noitinha na casa da trisa... ela vai estar plantada como uma velha árvore no sofá, assistindo à novela ou vendo o programa da Hebe... e vou dizer: voltei, vó, dá aqui um abraço!

Vou olhar o piano da bisa, coberto de toalha de crochê, lembrar da *La Cumparsita* que ressoava pela sala... vou pegar emprestado um monte de livro de História da biblioteca dela. Matar a saudade dos Pedros, começando pelo Pedro Álvares Cabral, passando pelo Caminha, que foi o primeiro escritor "brasileiro", e chegando a D. Pedro I e a D. Pedro II, que todo mundo faz a maior confusão na escola: porque o I, que era o pai, parece mais novo que o II, que era o filho. Porque o I morreu moço e não usava barba, e o II morreu velho e era barbudo. E vou dizer pra todos eles: *Hello*, Pedros, o xará chegou...

Vai ser bom voltar... Apresentar o Chico e o Dani, lá no aeroporto de Cumbica, os netos que vieram do céu, não no bico da cegonha, mas num Boeing portentoso...

Puxa! Como é bom desejar uma coisa com todo o fervor e ela acontecer. Deve ser bom assim realizar um sonho! Nada é impossível, tudo se pode conseguir, desde que se tenha garra. Por mais tempo que demore, que tudo não ajude, se o cara tiver garra, um dia ele consegue!

Eu, por exemplo, quero ser tanta coisa ao mesmo tempo: piloto de Fórmula 1, como foi o Senna, tricampeão do mundo... mas por quanto tempo ele pilotou carros de corrida? Não foi da noite pro dia, não, ele dirigia até debaixo de tempestade, ele sempre correu atrás do sonho dele, até partir naquele desastre besta.

Que tal estudar dinossauros ou civilizações antigas? Ou descobrir estrelas e galáxias? Ou, quem sabe, eu queira mesmo ser um escritor: passar a vida olhando as pessoas, as coisas, depois escrever histórias sobre elas, procurando as palavras como um garimpeiro ou pirata em busca do seu tesouro.

Tomo leite, como um sanduíche, me sinto bem. Tá um domingão, mas, apesar do Sol lá fora, deve estar um frio de rachar, por isso ligaram tão quente a calefação.

O dia vai passando... tão devagar como deve ser um domingo: um dia perfeito, céu sem nuvens, esquilos correndo, garotos brincando e meus sonhos escorrendo, escorrendo como água que cai de uma cachoeira...

Miss Nancy, lá na escola, diz que eu sou um sonhador, e o pai confirma: os grandes sonhadores são aqueles que mudam o mundo. Eu também gostaria de dar a minha contribuição.

Minhas pálpebras vão ficando pesadas... deitado na cama vou mergulhando, ando, num oceano profundo, onde tudo é paz e perfeita harmonia; quanto mais mergulho, mais escuro fica. Mas, de repente...

O jorro de luz me alcança, me envolve, me abraça. Talvez seja um OVNI tentando comunicação: Bem-vindo! Aqui fala Pedro no terceiro planeta do Sistema Solar, da Via Láctea. Que tal um contato imediato?

Ok, ok, estamos em mar aberto, cada um decide aonde quer ir: da caravela ao espaço, de Colombo à nave-mãe, sempre é possível descobrir novos mundos.

Porque a vida — esta sim! — é a grande aventura: uma aventura sem fim... até ficar encantado ou virar uma estrela!

A autora

Arquivo pessoal

Quando faço palestras nas escolas, uma das perguntas mais frequentes é: "Por que você se tornou escritora?".

Respondo que o artista (escritor, pintor, compositor) já nasce com esse dom – para escrever, pintar ou compor. Mas não é tão simples assim; a arte é amiga fiel, mas exige dedicação e persistência.

Quando eu tinha 9 anos, meu pai me perguntou o que eu queria ser quando crescesse. Sem titubear, respondi: "Escritora".

Ele replicou no ato: "Então você precisa ler muito...".

Foi o que fiz e continuo fazendo; sou um verdadeiro "rato de biblioteca". Além do mais, meus livros demandam pesquisas sobre o assunto enfocado, até mesmo entrevistas com especialistas.

Outra característica de um escritor é ser um observador constante do mundo à sua volta. Quando eu era criança, me apelidaram de "menina pasmada" – vivia olhando para dentro das lojas, ficava horas na janela vendo não a banda, mas o povo passar... E adorava ouvir histórias, tanto as de fada quanto as da vida real.

O resto foi muito trabalho. Aprende-se a escrever, escrevendo... O melhor de tudo é que, para a maioria das profissões, isso vale também. O que cai do céu, de graça, é só chuva, e olhe lá.

Então, galera, quem quiser ser bamba na profissão escolhida, aqui vai a receita de sucesso: muita leitura, interesse real pelas pessoas e dedicação ao trabalho. Mais uma pitada de sorte ao gosto do freguês. Mantenha no fogo brando da autoestima por um bom tempo... Regando constantemente com paciência e disciplina. Quem se habilita?

Giselda Laporta Nicolelis

Entrevista

Morando nos Estados Unidos com os pais e os irmãos, Pedro resolve compensar a saudade de tudo que deixou no Brasil, soltando a imaginação e vivendo grandes aventuras. Vamos agora bater um papo com Giselda Laporta Nicolelis, autora desta obra dinâmica e divertida, e conhecer algumas de suas aventuras pessoais e profissionais.

Você gosta de livros de aventura? Quais são seus favoritos no gênero?

• Gosto muito. Quando era criança e adolescente, meus livros favoritos de aventura foram, entre outros, *Tom Saywer* e *Huckleberry Finn*, do escritor norte-americano Mark Twain, e a obra completa do escritor francês Júlio Verne (*Viagem ao centro da Terra*, *A volta ao mundo em oitenta dias*, *Vinte mil léguas submarinas*, etc.). Verne foi o grande precursor da ficção científica, ao publicar, em 1863, *Cinco semanas num balão*. Outro precursor, e também pacifista, foi o escritor inglês H. G. Wells, com a sua admirável *A máquina do tempo*, publicada em 1895. Muitos desses livros viraram filmes de sucesso. Era uma época em que havia mais livros traduzidos do que escritos para crianças e jovens por autores nacionais. As exceções eram os livros de Monteiro Lobato, com as incríveis aventuras da Emília e sua turma. Aliás, Lobato foi não apenas o grande escritor para crianças, como traduziu e adaptou, para essa faixa etária, clássicos importantes como *Dom Quixote* (do espanhol Miguel de Cervantes), *Gulliver* (do irlandês Jonathan Swift) e *Robinson Crusoé* (do inglês Daniel Defoe). Havia também duas coleções famosas na época: Tesouro da Juventude e Mundo Pitoresco. Hoje em dia meu âmbito de leitura se expandiu muito: gosto de ler sobre paleoantropologia, arqueologia, genética — afinal são assuntos que fazem parte da grande aventura humana do conhecimento.

Qual foi sua fonte de inspiração para escrever esta história?

• Aproveitei o fato de meu neto Pedro ter ido morar com os pais nos Estados Unidos, em 1989, quando tinha um ano e meio de idade, deixando os avós saudosos — afinal, ele era o primeiro neto dos dois lados. O Rafael e o Daniel nasceram nos Estados Unidos, mas têm dupla nacionalidade porque foram registrados também no Consulado Brasileiro. Quando alcançarem a maioridade, eles poderão optar por uma ou outra nacionalidade. Os três falam o português fluentemente, então são bilíngues. E o Pedro também estuda o espanhol (porque quer estudar História e se especializar na América Latina), logo mais está trilíngue. Eles adoram o Brasil e quando chegam de férias é aquela festa! Do que eles mais gostam por aqui, além da família, claro, é guaraná, goiabada, pão francês bem quentinho e pão de queijo, coisas difíceis de serem encontradas por lá.

Pedro convive com familiares e amigos descendentes de várias etnias. Em sua opinião, de que forma isso pode contribuir para o desenvolvimento de uma criança?

• O Brasil é um grande país *mestiço*, constituído de descendentes de várias etnias. Um geneticista brasileiro, Danilo Pena, da Universidade Federal de Minas Gerais, fez uma pesquisa com 247 pessoas do Brasil inteiro que se diziam brancas. Resultado: pela parte paterna, quase 100% tinha um ancestral europeu; pela parte materna, cerca de um terço era de ancestrais europeias; outro tanto de ancestrais indígenas; e o restante, de ancestrais africanas. Quer dizer, a maioria dos ditos brancos do país tem um pé na selva ou na África. Isso se explica porque o Brasil, nos primórdios de sua colonização, era um país rude, áspero. Os colonizadores vinham sozinhos, porque eram solteiros ou não traziam suas mulheres. Então acabaram se casando ou, na maioria, se "amancebando" (termo usado naquela época) com mulheres índias ou negras. Era comum, como conta Gilberto Freyre, no seu livro *Casa grande e senzala*, que os senhores de engenho (e seus filhos) tivessem inúmeros descendentes com as escravas negras, muitas delas lindíssimas — havia até princesas africanas. Isso sem falar também da posterior imigração europeia, iniciada a partir do final do século XIX, com a maciça chegada de italianos atraídos pelas lavouras de café. Depois, já no século XX, foi a vez de poloneses e alemães (fugindo principalmente do nazismo na época da II Guerra Mundial), que se instalaram principalmente no Sul do país, russos (existe uma grande comunidade em Mato Grosso do Sul) e orientais (japoneses, chineses, coreanos, etc.). Mais recentemente, vieram os peruanos e bolivianos. O fato de um imigrante ganhar o visto de permanência no Brasil, se tiver um filho com uma brasileira, também estimula o aparecimento desses descendentes mestiços. Pedro é tipicamente um garoto brasileiro: tem tanto ascendentes europeus quanto orientais e também uma bisavó índia tupi-guarani. Isso contribui de forma vital para que, aceitando as diferenças étnicas em si mesmo, ele possa aceitar as diferenças dos outros. Não existe país como o Brasil no mundo todo que seja tão miscigenado, daí essa maravilhosa diversidade étnica que nos torna tão especiais – o Brasil é também o segundo maior país negro do mundo, depois da Nigéria (África), de onde vieram muitos africanos que compuseram a nossa grande mistura étnica, contribuindo de maneira extraordinária para o cadinho cultural do povo brasileiro.

O QUE A LEVOU A ESCOLHER OS FATOS HISTÓRICOS ABORDADOS NESTA OBRA?

• O livro foi escrito em 1992, quando se comemoravam os quinhentos anos de descoberta da América, por Cristóvão Colombo. Então, aproveitei a oportunidade para a personagem Pedro fazer uma viagem no tempo, virando um grumete de caravela espanhola. A vida dos marujos que saíam para descobrir novas terras não era nada fácil. Começava pelo pavor do desconhecido, dos monstros que, diziam, habitavam os oceanos e podiam surgir, de uma hora para outra, para devorá-los. Continuava pelo desconforto terrível dentro de naus e caravelas – não havia ainda, por exemplo, a técnica de dessalinização da água do mar, para torná-la potável; ela só foi aparecer no século XIX, com o advento da navegação a vapor. Hoje, várias técnicas são utilizadas desde nos porta-aviões quanto nos veleiros. Na época dos descobrimentos marítimos, a água acabava apodrecendo nos recipientes. Para torná-la palatável, era preciso misturá-la ao vinho; então os marujos (incluindo os garotos grumetes) viviam bêbados. Por causa da alimentação precária – constituída por carnes salgadas e bolachas que eram cozidas duas vezes, nos fornos reais, para durar mais, mas acabavam emboloradas e roídas por ratos nos porões dos navios –, sem frutas nem legumes frescos, havia uma grande carência de vitamina C e, consequentemente, grande incidência de escorbuto a bordo. E escorbuto é uma doença terrível, que, inicialmente, causa cansaço e dores nos músculos e nas articulações; depois, ocasiona hemorragias pelo corpo, formando hematomas, principalmente nas gengivas, dificultando também a cicatrização de feridas. Isso sem falar nas tempestades ou, pior ainda, nas calmarias, que mantinham as naus e caravelas paradas durante dias, em alto-mar, para desespero da tripulação. E, quando finalmente aportavam em alguma terra desconhecida, nunca sabiam se encontrariam habitantes nativos cordatos ou se seriam recebidos até por tribos canibais que fariam deles o seu jantar – como aquela tribo que matou, assou e comeu o bispo Sardinha.

O PAI DE PEDRO MUDOU-SE COM A FAMÍLIA PARA OS ESTADOS UNIDOS, EM BUSCA DE MELHORES CONDIÇÕES DE TRABALHO. PARA VOCÊ, O BRASIL AINDA ESTÁ LONGE DE OFERECER TRABALHO E REMUNERAÇÃO DIGNOS A SEU POVO?

• Só para ficar dentro do contexto do livro, imagine se você, leitor(a), quiser ser um(a) cantor(a) de ópera, por exemplo; ou um(a) grande instrumentista (piano, violino, etc.); ou tiver o sonho de se tornar uma estrela do balé; ou um(a) grande cientista, como na área de neurologia. Você pode até fazer os primeiros estudos por aqui, num conservatório musical ou com professor particular; ou se formar numa ótima faculdade, fazer mestrado e doutorado. E daí? Só pra dar um exemplo: pergunte a qualquer pessoa que você conheça se ela já foi a um espetáculo de ópera, ou concerto de música clássica, alguma vez na vida. Talvez ela seja daquelas afortunadas que realmente tenham ido, porque mora numa grande cidade onde haja teatros municipais. E tenha dinheiro, claro, para pagar os ingressos caríssimos, ou a sorte de que, em sua cidade, também existam espetáculos gratuitos. Contam-se nos dedos, e olhe lá. Então, no caso do pai do Pedro, que é um neurocientista, faz pesquisa de ponta, ele teve que batalhar por uma bolsa de um instituto brasileiro, para fazer o pós-doutorado nos Estados Unidos. Lá, ele encontrou meios e ambiente propícios para desenvolver suas pesquisas. Isso porque os norte-americanos detentores de grandes fortunas, querendo perpetuar primeiro filho, e também comecei a escrever; só fui publicar o primeiro livro quando ele (o filho) estava terminando o curso fundamental: tive de batalhar apenas... 14 anos!!! Mas não desisti. Porque coloquei na cabeça que seria uma escritora profissional – que hoje sou. Tem que ter fé, teimosia, perseverança. Pensa que artista leva a vida numa *nice*, galera? A gente dá um duro danado, pode crer! Primeiro, para *chegar* na crista da onda; depois, para *permanecer* lá!

Assim como Pedro, você também faz de sua vida uma grande aventura? Como?

• Adoro um desafio, tenho uma curiosidade do tamanho do mundo e vou em frente como tatuzão de metrô. Se tenho razão, bato o pé. Se vejo injustiça, reclamo. Amo a vida, gosto de gente à minha volta, crianças e jovens principalmente, porque me recarregam a bateria interior. Acordo cada dia com a expectativa de uma boa-nova, como se fosse a primeira manhã de um mundo recém-nascido. Otimista de carteirinha, acredito que o ser humano é bom por natureza, e derrapa na vida por muitos e variados motivos. Que o amor não apenas constrói como é capaz de redimir. E qualquer pessoa – feito semente plantada em terra fértil e tratada com muito sol, ar puro e carinho amoroso – pode não apenas fazer de sua vida *uma grande aventura*, como conquistar o direito inalienável de todo ser humano: o de *ser feliz*!

seus nomes, doam quantias consideráveis para universidades, museus, orquestras, etc. E entidades internacionais colaboram também com expressivas doações. O Brasil, ao contrário, por falta de estímulo e de sensibilidade, tanto governamental quanto particular, acaba perdendo seus maiores talentos não só para os Estados Unidos como para outros países. Está mais do que na hora de reverter essa situação e dar condições para que os nossos "cérebros", ainda que se especializem no exterior, voltem para ficar e transformar o Brasil num grande país civilizado, onde se dê valor à arte e à ciência. Chega de o Brasil ser o "país do futuro". Ele precisa se transformar, urgentemente, no país *do presente*.

Ao final da história, Pedro diz: "Nada é impossível, tudo se pode conseguir, desde que se tenha garra". Você concorda com essa afirmação? Já realizou um grande sonho? Fale um pouco a respeito.

• Se você tem um grande sonho, precisa começar a concretizá-lo o mais cedo possível para ter chance de sucesso. Isso significa colocar toda a sua capacidade num projeto de vida — vai depender muito das circunstâncias de cada um. Se você pertence a uma família mais ou menos abonada, não terá grandes dificuldades, mas atenção: o fato de ter nascido em berço de ouro não garante nada, se a pessoa não tiver *garra*. Está cheio de gente por aí que desperdiça oportunidades incríveis, destruindo seu próprio futuro, por pura malandragem, ou burrice mesmo, arrumando más companhias e até se drogando. Se você, ao contrário, tem dificuldades financeiras, ou de outro tipo qualquer, vai ter mesmo de ser um(a) guerreiro(a). Muita gente de sucesso, em várias áreas do conhecimento humano, veio de berço humilde ou passou por limitações sérias e, mesmo assim, chegou lá! Vai depender de você se quer construir esse tal projeto de vida ou vai se deixar levar pela onda, e nem está aí para o próprio futuro. A pior coisa que pode acontecer a alguém é chegar à velhice frustrado porque não realizou seus mais acalentados sonhos, simplesmente porque deixou a vida passar ou marcou bobeira... No meu caso, esse projeto de vida esteve presente desde os meus 9 anos. Estudei Jornalismo, porque no Brasil não existia uma faculdade que me preparasse para ser escritora (como existe nos Estados Unidos e na Europa). Batalhei, sofri — logo que terminei a faculdade, casei, em seguida fiquei grávida do meu primeiro filho, e também comecei a escrever; só fui publicar o primeiro livro quando ele (o filho) estava terminando o curso fundamental: tive de batalhar apenas... 14 anos!!! Mas não desisti. Porque coloquei na cabeça que seria uma escritora profissional – que hoje sou. Tem que ter fé, teimosia, perseverança. Pensa que artista leva a vida numa *nice*, galera? A gente dá um duro danado, pode crer! Primeiro, para *chegar* na crista da onda; depois, para *permanecer* lá!

Assim como Pedro, você também faz de sua vida uma grande aventura? Como?

• Adoro um desafio, tenho uma curiosidade do tamanho do mundo e vou em frente como tatuzão de metrô. Se tenho razão, bato o pé. Se vejo injustiça, reclamo. Amo a vida, gosto de gente à minha volta, crianças e jovens principalmente, porque me recarregam a bateria interior. Acordo cada dia com a expectativa de uma boa-nova, como se fosse a primeira manhã de um mundo recém-nascido. Otimista de carteirinha, acredito que o ser humano é bom por natureza, e derrapa na vida por muitos e variados motivos. Que o amor não apenas constrói como é capaz de redimir. E qualquer pessoa – feito semente plantada em terra fértil e tratada com muito sol, ar puro e carinho amoroso – pode não apenas fazer de sua vida *uma grande aventura*, como conquistar o direito inalienável de todo ser humano: o de *ser feliz*!

ENTRE LINHAS
AVENTURA

Viver é uma grande aventura
Giselda Laporta Nicolelis

Suplemento de leitura

Morando nos Estados Unidos com os pais e os irmãos há algum tempo, Pedro sente muita falta dos avós, dos amigos, da comida e de tantas outras coisas que deixou no Brasil. Mas ele é um garoto muito esperto e, para compensar a saudade, solta a imaginação e viaja pelo passado e pelo futuro. Atravessa mares desconhecidos, descobre a América junto com Colombo, transforma-se num ser extraterrestre e cruza o espaço intergaláctico, mostrando que viver pode ser uma grande aventura! Só depende de nós. Que tal agora relembrar alguns momentos marcantes dessa história?

Por dentro do texto

•

Enredo e personagens

1. Pedro é um garoto brasileiro que mora nos Estados Unidos.

   a) Por que o pai de Pedro quis se mudar com a esposa e o filho para esse país?

   _____
   _____

   b) Em sua opinião, o pai de Pedro agiu corretamente?

   _____
   _____

   c) Você acha que o Brasil oferece oportunidades de trabalho suficientes e dignas a seu povo?

   _____
   _____

2. Na página 11, Pedro diz: "eu tenho cinco tipos de etnia: grega, italiana, portuguesa, japonesa e ainda... uma bisavó que era índia. Sou uma salada de gente, né?".

   a) O que o garoto está querendo dizer nesse trecho?

   _____
   _____

   b) E você? De que nacionalidade(s) são seus pais, avós e bisavós?

   _____
   _____

3. O sonho do pai de Pedro é ser um cientista famoso, curar muitas doenças. Pedro tem muitos sonhos, quer ser várias coisas ao mesmo tempo: paleontólogo, piloto de Fórmula 1, escritor, estudar civilizações antigas, descobrir estrelas e galáxias, etc.

a) Você também tem sonho(s)? Fale um pouco sobre ele(s). Se não tiver, explique por quê.

_____

_____

b) Você concorda com Pedro quando ele diz que "tudo se pode conseguir, desde que se tenha garra"?

_____

_____

4. Ao longo do texto, são mencionadas várias personalidades. Associe as duas colunas abaixo. De um lado, estão os nomes de algumas pessoas notáveis; do outro, sua profissão ou o fato histórico a que estão relacionadas.

a) Picasso ( ) Manteve-se na presidência do Brasil entre 1930 e 1945.

b) D. Pedro II ( ) Um dos maiores poetas brasileiros (1902-1987).

c) Cristóvão Colombo ( ) Grande guerreiro do quilombo dos Palmares que lutou pela libertação dos escravos (1655-1695).

d) Zumbi ( ) Navegador português que descobriu o Brasil em 1500.

e) Einstein ( ) Pintor e escultor espanhol (1881-1973).

f) Drummond ( ) Físico alemão considerado uma das personalidades mais importantes do século XX (1879-1955).

g) Getúlio Vargas ( ) Segundo e último imperador do Brasil, que permaneceu de 1831 a 1889 no governo.

h) Pedro Álvares Cabral ( ) Explorador genovês que descobriu a América para a Coroa espanhola, em 1492.

16. Organize com seu professor e colegas de classe uma visita a um museu ou a uma exposição de arte. Procure descobrir um pouco sobre as obras expostas, o que retratam, quem são seus criadores, etc. Depois, pesquise sobre a vida e obra de Picasso e Van Gogh, pintores muito famosos mencionados neste livro.

17. Ao longo da história, há várias referências à situação dos índios das Américas. Com seus colegas, faça uma pesquisa sobre a verdadeira situação do índio brasileiro desde a época do descobrimento do Brasil até a atualidade.

18. Pedro gosta muito de dinossauros, até ganhou um livro do pai sobre os dinossauros da América e pensa, no futuro, ser um paleontólogo. Que tal assistir ao filme *Jurassic Park – Parque dos dinossauros*, direção de Steven Spielberg (EUA, 1993)? Você vai viver uma grande aventura num parque habitado por animais pré-históricos reproduzidos em laboratório. Caso já tenha assistido a esse filme, reveja-o apenas para relembrar detalhes e entrar no clima. A seguir, aprofunde seus conhecimentos a respeito, pesquisando o que faz um paleontólogo, quais são os mais famosos, em que época viveram os dinossauros, como eram, o que comiam, etc.
Faça um trabalho por escrito com ilustrações e/ou fotos. Depois, exponha-o no mural da classe para que seus colegas possam conhecê-lo e vice-versa.

12. Imagine-se no lugar de Pedro, tendo de morar com seus pais nos Estados Unidos. O que você acharia disso? Do que sentiria mais falta? Como você acha que seria tratado pelas pessoas de lá? Escreva em seu caderno como você acha que seria essa experiência.

13. Em uma de suas viagens imaginárias, Pedro cruzou o espaço intergaláctico em sua nave, fantasiando ser um menino do planeta Mir. Você acredita que existam seres extraterrestres, discos voadores? Já ouviu alguma história sobre objetos voadores não identificados (Ovnis)? Escreva um parágrafo dando sua opinião a respeito.

Atividades complementares

•

(Sugestões para História, Geografia, Artes e Vídeo)

14. Converse com seus pais sobre seus antepassados e monte a árvore genealógica de sua família. Faça uma árvore simples, com três ou quatro gerações: você, seus irmãos, primos, seus pais, tios, avós, bisavós. Para isso, coloque quem se originou de quem em forma de árvore. Se for possível, ilustre a árvore com fotos de seus familiares ou desenhe-os. Não se esqueça de colocar o nome deles e o grau de parentesco.

15. No texto, Pedro fala com simpatia do líder negro Zumbi. Você já ouviu falar dele? Trata-se de importante figura da nossa História. Em grupo, faça uma pesquisa sobre Zumbi e descubra mais sobre esse homem que lutou e morreu por um ideal.

Espaço e tempo

5. Complete a seguinte afirmativa:
   A narrativa faz referência a espaços concretos, que são _____
   _____ , e a espaços imaginários, que são
   _____ .

6. Vivendo nos Estados Unidos, Pedro descobriu muitas diferenças entre esse país e o Brasil. Cite alguns exemplos retirados da história que comprovem esse fato.

   _____
   _____
   _____
   _____
   _____
   _____
   _____
   _____
   _____
   _____

7. Ao longo de sua narrativa, que está sendo contada no presente, Pedro muitas vezes se desloca para o passado. Essa técnica chama-se *flashback* e é utilizada com a função de esclarecer os fatos, retardar o desfecho ou criar suspense. Cite um trecho da história em que Pedro lança mão dessa técnica.

   _____
   _____
   _____

_____

_____

_____

_____

_____

_____

_____

_____

Foco narrativo

8. Além de personagem principal, Pedro também é o narrador desta história.

a) Como se chama esse tipo de narrador?
   ( ) Narrador observador.
   ( ) Narrador personagem.
   ( ) Narrador onisciente.

b) Em que pessoa do discurso o texto é contado?
   ( ) Em primeira pessoa.
   ( ) Em terceira pessoa.

c) Como esse tipo de narrador influencia na história? Por quê?
   ( ) Pouco, porque apenas relata os fatos, sem dar sua opinião a respeito.
   ( ) Muito, porque o leitor tomará conhecimento dos fatos por meio da visão particular da personagem.

d) Quais das alternativas abaixo aplicam-se ao narrador?
   ( ) É inteligente e observador.
   ( ) Refere-se de forma agressiva aos pais e avós.
   ( ) Gosta de ler, pois a leitura estimula a imaginação.
   ( ) Desloca-se no tempo, pela imaginação, com frequência.

Linguagem

9. A autora vale-se de uma linguagem bastante informal, com muitas gírias e expressões populares, em sua narrativa. Procure descobrir o significado das expressões abaixo que aparecem no texto.
   a) mão de samambaia (p. 14): _____
   b) ficar uma onça (p. 18): _____
   c) ser um crânio (p. 18): _____
   d) botar a boca no trombone (p. 22): _____
   e) nem que a vaca tussa (p. 23): _____

10. Para caracterizar o passado e o futuro, épocas que visita em suas viagens imaginárias, o narrador personagem emprega um vocabulário pertinente a cada uma dessas épocas. Retire do texto alguns vocábulos que comprovem essa afirmação:
    a) passado: _____

    b) futuro: _____

Produção de textos

•

11. Os avós paternos de Pedro tinham bichos de estimação com comportamentos curiosos e divertidos. Provavelmente, você também tem ou já teve algum animal de estimação. Ou, ao menos, conhece alguém que tenha. Então, produza uma crônica contando algum fato engraçado que tenha acontecido entre vocês. Não se esqueça de apresentar o bicho, dizer seu nome, como ele é fisicamente, o que gosta de comer, quais são suas esquisitices...